어금니
깨물기

김소연

어금니
깨물기

사랑을 온전히 보게 하는 방식

마음산책

김소연 시인. 시집 『극에 달하다』 『빛들의 피곤이 밤을 끌어당긴다』
『눈물이라는 뼈』 『수학자의 아침』 『i에게』 『촉진하는 밤』과
산문집 『마음사전』 『시옷의 세계』 『한 글자 사전』 『나를 뺀 세상의 전부』
『사랑에는 사랑이 없다』 『그 좋았던 시간에』 등을 썼다.

어금니 사랑을 온전히
깨물기 보게 하는 방식

1판 1쇄 발행   2022년 6월 5일
1판 4쇄 발행   2024년 7월 10일

지은이   김소연
펴낸이   정은숙
펴낸곳   마음산책

등록   2000년 7월 28일(제2000-000237호)
주소   (우 04043) 서울시 마포구 잔다리로3안길 20
전화   대표 | 362-1452 편집 | 362-1451 팩스 | 362-1455
홈페이지   www.maumsan.com
블로그   blog.naver.com/maumsanchaek
트위터   twitter.com/maumsanchaek
페이스북   facebook.com/maumsan
인스타그램   instagram.com/maumsanchaek
전자우편   maum@maumsan.com

ISBN   978-89-6090-742-3 03810

* 책값은 뒤표지에 있습니다.

전부를 말하진 않았어도 전해지는 것들이
우리에게는 차곡차곡 쌓여 있었다.

엄마는 나만큼이나 음치셨다. 나만큼이나 노래 부르는 것을 꺼려 했다. 아빠가 〈동무 생각〉 같은 노래들을 한 소절 한 소절씩 자식들에게 가르쳐줄 때에도 빙그레 웃으며 구경만 했다. 어느 날엔가 엄마는 카세트테이프 하나를 사 오셨다. 카세트 플레이어 앞에 바짝 붙어 앉아 계속 노래 연습을 하셨다. 노랫말이 적힌 종이 한 장을 두 손으로 꼭 쥐고서. 수십 번을 되감고 재생하고 되감고 재생하면서. 호피 무늬가 새겨진 벨벳 소파에 햇빛을 받으며 앉아 있던 엄마 옆에 다가가 나도 그 노래를 따라 불렀다.

엄마와 함께 듀엣으로 익혀갔던 〈얼굴〉이라는 노래는 엄마의 유일무이한 18번이 되었다. 나는 엄마와 자주 이 노래를 불렀다. 엄마 손을 잡고 시장을 따라나설 때에 특히 자주 불렀다. 몇 해 전, 이 노래 가사가 기억이 나지 않는다며 엄마가 내게 빈 종이를 내밀었다. 나는 큰 글씨로 노랫말을 또박또박 적어드렸다. 그리고 어렸을 때 그랬던 것처럼 노래를 같이 불렀다. 엄마를 만날 때마다 나는 그 노래를 같이 부르자며 노랫말이 적힌 종이를 펴들고 머리를 맞댔다.

병원에 엄마를 모시고 가던 어느 날이었다. 차 안에서, 옛날이야기를 들려주시던 엄마가 말을 끊고 조용히 이 노래를 부르기 시작했다. 그때 나는 핸드폰의 녹음 버튼을 누르고 엄마의 이야기를 녹음하고 있었다. 저절로 엄마의 노래가 녹음이 되었다. 녹음 중이었기 때문에 나는 그때만큼은 따라 부르는 것을 하지 않았다. 그저 듣기만 했다. "동그랗게 동그랗게"를 부를 때부터 엄마는 울먹이기 시작했다. 울먹이면서 끝까지 불렀다. 저절로 엄마의 울먹임까지 녹음이 되었다. 엄마가 돌아가시고 엄마의 흔적들이 불현듯 발견되는 것이 버거웠던 어느 날, 이 녹음 파일이 있다는 걸 기억해내어 찾아서 들었다. 비가 왔던 날이어서 와이퍼 소리에다 깜빡이 소리까지 배경음으로 흘러나왔다. "동그랗게"라는 노랫말이 나오기 직전에 나는 스톱 버튼을 눌렀다. 아주 나중에 다시 들어야겠다고 생각했다.

여기 모인 글들은 내가 아무것도 할 수 없다고 느꼈던 시간 속에서 썼다. 무언가를 지키기 위하여 한자리에 오래 웅크려 있었다. 자주 지쳤고 쉽게 엉망이 되었다. 그래도 내가 지키고 싶었던 것들을 열렬히 지키고 싶어 했다. 균형을 찾기 위해 자주 어금니를 깨물었다. 아무것도 할 수 없었던 시간은 이를 악물고 가장 열심히 산 시간이라는 것을, 여기 모인 글들을 쓰는 동안 알게 되었다. 인내심이 자애로움으로 변해가는 것을 알게 되었다고 할까. 요원한 줄로만 알았던 회복이 내 주변에 도착해 있다는 것도 지금은 알 수 있다. 회복을 갈망해온 울퉁불퉁한 시간을 이 책의 목차로 고스란히 담고 싶었다. 피로한 얼굴로 잠이 들지만 화창한 아침을 맞이하게 되는 일처럼. 오직 화창하다는 사실만으로도 소외감이 느껴지는 날도 있고, 오직 화창하다는 사실만으로도 감사함이 생기는 날도 있는 것처럼. 돌아보면, 잘 지나왔구나 싶어 조금 기쁘기도 하다. 이런 유의 덧없는 기쁨이 누군가의 뒷모습에 잘 스며들었으면 좋겠다. 이 책이 부디 누군가를 뒤에서 안아주는 인기척이 되면 좋겠다.

2022년 유월
김소연

차례

1

엄마를 끝낸 엄마

나는 엄마를 오래 싫어했다. 엄마는 내가 아주 어렸을 때부터 나를 착취하는 사람이었고, 오빠보다 뒤에 서 있기를 지나치게 종용해온 억압의 주체였다. 나는 자랑스러운 딸이어야 하되 오빠보다 더 자랑스러우면 안 되었다. 아주 좁은 영역 안에서 적당히 운신하는 법을 나는 일찌감치 체득했다. 엄마는 평생 동안 미안함과 미안할 것까지는 없음을 왕복하며 나를 대했다. 그걸 나에게 굳이 다 말하고 굳이 다 이해받으려 했다. 엄마의 고백들을 나는 주로 농담으로 웃어넘겼고, 아주 드물게는 적나라하게 분노를 표출했다. 그럴 때마다 엄마는 아주 징그러운 것을 쳐다보는 표정을 지었다.

　이제는 엄마를 싫어하지 않게 됐다. 화해를 한 것도 아니고, 용서를 한 것도 아닌 채로 저절로 그렇게 됐다. 알츠하이머를 앓기 시작하면서 엄마는 누군가의 엄마로 살았던 시간들을 거의 다 망각해버렸다. 엄마의 기억 속에는 아빠와 오빠만 남게 되었다. 오빠는 25년 전에 죽고 없는데 엄마의 기억 속에서만큼은 기특하고 온순하게 잘 살아 있었다. 두 딸에 대해서는 남아 있는 감정마저 외면하려는 것처럼 보였다. 미안함 때문에 그런 것 같기도 했고, 소중한 기억을 공유한 적이 너무 없어 그런 것 같기도 했다. 그즈음부터 나도 엄마에 대한 오랜 감정을 잊어버리기로 작정했다. 엄마는 엄마를 끝낸 사람처럼 존재하고 있는데, 나 혼자 엄마를 엄마로 기억하는 것은 말이 안 되는 것 같아서였다. 어차피 엄마에 대한 나의 추억은 주로 엄마를 증오했던 장면들뿐이었다. 증오심이 성장기의 내게는 얼마간 유용했다. 덕분에 내 마음대로 내가 되어갈 수 있었다. 애착에서 출발했던 증오라는 핑계 때문에 죄책감도 그다지 없었다. 죄책감이 들지 않을 수위에서만 증오하려 했다는 뜻이기도 했다. 엄마와의 추억을, 실은 상처를 나도 잊어버리기로 마음을 먹으니 그럭저럭 잊혔다.

　엄마는 나를 일주일에 한두 번씩 방문하는 요양보호사처럼 대했다. 예의를 갖추고 거리를 두었다. 오래 함께 있는 것보다는 집중적으로 도움을 받은 다음, 쉬고 싶다며 어서

가라고 했다. 내가 현관에서 빨리 신발을 신기를 기다리며
서 있곤 했다. TV 리모컨이 말을 듣지 않는다거나 전기밥
솥 작동법을 갑자기 잊어버렸다거나, 지갑이나 통장, 주민
등록증 같은 것을 어디 두었는지 도무지 찾을 수 없다든가
하는, 혼자서 해결하지 못하는 일이 발생하지 않는 한 혼자
있고 싶어 했다.

아빠에게 내가 물려받은 것은 독일산 120색 색연필과 김
수영 전집, 성경책, 일기장 세 권, 50년 동안 사용한 은숟가
락, 환등기, 상아로 만든 마작이다. 아빠는 이사를 할 때마
다 물건을 하나하나 버려가며 짐을 줄여나가다, 돌아가시
던 그해에 나에게 건네주셨다. 반면, 엄마에게 물려받은 것
은 홈 파티용 그릇 세트와 각종 유리잔들. 엉망진창으로 관
리해온 골동품들이다. 몇 해 전, 둘 곳이 마땅치 않다며 내
게 보관을 당부했다. 박스째 보관만 해오던 것들을 퀴퀴한
박스에서 꺼낸 날, 나는 곰솥 가득 물을 끓인 다음, 하나하
나 끓는 물에 넣어 소독했다. 홈 파티용 그릇들은 엄마의 혼

수였다. "이 예쁜 것들은 너보다 더 나이가 많아"라는 말을
다섯 살 때부터 들어왔다. 너무 크고 무거웠다.

　엄마는 나를 똑바로 쳐다보다 위아래로 훑어보곤 했다.
그 순간을 나는 가장 싫어했다. 그 눈빛 앞에 있기만 해도
울음이 터질 것 같았다. 내가 숨기는 것들이 엄마에게 보일
까봐, 바깥에서 내가 만난 사람과 보낸 시간과 해본 경험들
이 엄마에게 읽힐까봐, 내가 무슨 생각을 하는지 엄마가 다
알아버릴까봐, 엄마를 얼마나 싫어하는지 들킬까봐 싫었
다. 발가벗겨진다고 느꼈다. 수치스러웠다. 그래서 나는 엄
마의 표정을 잘 안 봤다. 열 살 이후로는 엄마의 표정을 자
세히 살피는 걸 하지 않았다. 아빠가 돌아가시고 난 뒤에야
나는 엄마의 표정을 조금씩 보기 시작했다. 뒷모습으로 보
다가 옆모습으로 보다가, 아주 잠깐 눈을 마주보기도 했다.
외로운지, 권태로운지, 기분이 괜찮은지. 아프진 않은지.
내가 곁에 있어도 엄마는 TV를 보거나 화분에 심어진 관엽
식물들의 이파리에 분무기를 갖다 대며 혼잣말을 했다. 이

것들은 이렇게만 돌봐주어도 반짝반짝 윤이 돈다고. 내가 돌본 식물들은 모두 윤이 난다고.

엄마가 요양원에 입소를 하고 나서 나에겐 핑계가 사라졌다. '차라리 엄마를 하루라도 더 보러 갈래' 하며 여행을 같이 가자는 제안을 거절할 핑계. 엄마가 갑자기 안 좋아져서, 지금 엄마가 경찰서에 계셔서, 엄마가 길을 잃고 헤매고 있어서, 병원에 엄마를 모시고 가야 해서, 만나기 싫은 사람을 안 만나는 선택을 할 수 있었던 핑계. 엄마 덕분에 나는 엄마를 제외한 다른 이들과는 충분히 단절된 시간을 보낼 수 있었다. 혼자만의 시간을 확보하기에 더없이 유리했던 이 핑계가 이제 사라져버렸다. 이제 나는 엄마를 위해서는 아무 노력도 하지 않아도 된다. 시간을 쓰지 않아도 된다. 초조함을 안고 엄마를 향해 달려가지 않아도 된다. 기나긴 돌봄노동이 끝났다는 것만으로도 더할 나위 없이 홀가분해져서 엄마에 대한 원망을 모두 잊게 된 것일까.

요양원에 입소하기로 한 전날 밤, 나는 처음으로 엄마 집에 가서 엄마와 함께 잠을 잤다. 여분의 요가 없어서 소파에 누워서 잤다. 엄마는 천 가방 하나에다 두루마리 휴지와 가족사진과 화분 하나와 볼펜 한 자루를 미리 챙겨 넣어두었다. 나는 준비해간 기내용 트렁크에 새 속옷과 잠옷과 실내화와 빨대를 꽂을 수 있는 컵을 넣었다. 엄마가 즐겨 부르던 노래의 가사를 종이에 적어서 엄마에게 선물로 내밀었다. 패티 김의 〈가을을 남기고 간 사랑〉과 박인희의 〈얼굴〉. 엄마와 나는 그날 밤에 그 노래들을 함께 불렀다. 자신의 생년월일도 집 주소도 기억하지 못하는 사람이, 마흔 살 이후의 자신의 삶을 거의 기억하지 못하는 사람이, 예전에 부르던 노래를 부를 수 있다는 게 거짓말처럼 아름다웠다.

엄마에 대해서 이제 나는 거짓말처럼 아무 생각이 없다. 가끔 그립다는 생각이 든다. 내가 엄마의 무엇을 그리워하는 것인지 자문하면, 그 무엇인가는 텅 비어 있는 느낌이다. 이유가 텅 빈 그리움에 대해서 나는 잘 알고 있다. 그저 그리움일 뿐이다. 그런 그리움을 엄마를 향해 느껴본 적이 거의 없었기 때문에, 이럴 수도 있구나 한다.

　엄마가 자주 꿈에 등장했다. 어떨 때는 내가 어리고 엄마는 아직 젊다. 어떨 때는 엄마가 돌아가셨다는 소식을 듣는다. 엄마가 마스크도 쓰지 않고 골목길 한가운데에 서 있었다. 여전히 허리가 굽고 여전히 겁이 많은 얼굴이었다. 나는 그 모습을 보고서 팬데믹이 끝났구나 했다. 꿈에서 깨었을 때 나는 엄마가 입소했던 공간에 대해 상상했다. 옥상이 아니라면 바깥에 나갈 수 없고, 친절하고 잘 웃는 요양보호사들에게 둘러싸여 있고, 엄마의 방에서 창 바깥으로 동네 야산이 보였다는 것은 알고 있다. 방의 공기와 냄새는 어떤지, 화장실과 욕실은 어떻게 생겼는지, 어떤 베개를 베고 어떤 이불을 덮는지 음식들은 맛이 어떤지 나는 알고 싶었지만 알 수 없었다.

　입소 이후, 엄마는 통장 잔고를 걱정하지 않아도 되었다. 가사노동을 더 이상 하지 않아도 되었다. 의료용 보행기와 돋보기와 부채, 아침저녁으로 간호사가 챙겨주는 알약, 팬

티와 양말 몇 개. 엄마에게 남은 마지막 사물들이었다. 이
것만으로도 엄마는 살아갔다. 엄마가 떠난 엄마의 집을 정
리하면서 나는 엄마의 사물들을 정리했다. 코로나19가 끝
나 외출이 허락되면 엄마가 입고 싶어 할, 사계절 옷가지와
신발 두 켤레가 담긴 보관함이 아직 나의 장롱 속에 들어 있
다. 누군가 끼니를 챙겨주고, 누군가 청소를 해주고, 누군
가 목욕을 시켜주는 요양원의 나날을 엄마는 행복하다고
말했다. 모든 기억을 더듬어도 엄마가 행복하다고 말하는
것을 들어본 적이 내게는 없다시피 했다. 엄마가 말하는 행
복에 대하여, 나는 쉽게 동의되지는 않았지만 희미하게나
마 알 것도 같았다.

살기 좋아.
살기 좋아?
잘해줘.
잘해줘?

밥도 맛있어.

밥도 맛있어?

너도 여기 와서 살아.

나중에 그럴게.

엄마가 행복해지기 위해 해온 시도들을 나는 속으로 줄
곧 멸시했다. 엄마는 노력해서 얻은 것들을 쉽게 잃었다.
지키지 못했다. 그러다 자포자기에 이르렀고 자신의 삶을
방기한 채로 살아갔다. 엄마가 기댈 수 있는 사람이 전무해
지자 나는 엄마를 돌보기 시작했다. 한편으로는 엄마를 짐
짝 취급했다. 엄마를 돌보며 돌발적인 사건들과 자주 마주
쳤고 당황하고 황망해하다 무릎이 꺾이는 경험에 점점 지
쳐갔다. 내가 다 지워져버려 남아나지 않을 날이 곧 도래할
것만 같았다. 끝나지 않을 노동 같았다. 나는 아픈 사람을
아픈 사람으로 대하지 않았다. 무능했지만 무해했던 아빠
와 자주 비교했다. 같은 무능이었어도 엄마의 무능은 유해

했다고 확신했다.

　나는 엄마를 보고 배웠다. 아주 작은 것일지라도 그걸 잃지 않기 위해서는 지키려는 노력을 해야 한다고 늘상 주먹을 꽉 쥐며 생각해왔다. 지키려는 감각을 중요하게 여기며 살아왔다. 겨우 얻게 된 것들과 꼭 얻고 싶었던 것들을 잘 지키는 것으로써 엄마처럼은 살지 않으려고 애를 써왔다. 면회를 가면 엄마는 유리 벽 너머에 앉아 나를 기다리고 있었다. 내가 시야에 들어오는 순간 엄마는 울기 시작했다. 내가 최선을 다해 웃고 농담하면 그제야 울음을 지우고 웃었다. 엄마는 엄마를 끝내고 나의 자식이 되어 유리 벽 너머에 앉아 있었다.

입이 있다는 것

과일을 먹을 때 과도를 드는 일을 좋아한다. 특히 멜론이나 망고를 한입에 먹기 좋게 자르는 일을 좋아한다. 과즙이 흠뻑 묻는 두 손도 좋고, 과도가 부드럽게 들어가는 느낌 또한 좋다. 접시에 담아놓고서 소파에 앉아 영화를 보며 하나씩 하나씩 먹어치우는 시간이 좋다. 과일 한 조각을 입에 넣고 달콤한 과즙이 퍼지는 입안의 공간을 느끼는 게 더할 나위 없이 좋다.

숟가락이 입속을 들락거릴 때에 치아와 부딪치는 소리 또한 좋아한다. 수프나 뜨거운 국물을 떠 마실 때의 느낌을 특히 좋아한다. 젓가락을 쓸 때에는 손에게 쾌락을 주는 느낌이라면, 숟가락을 쓸 때에는 크게 벌린 입에게 쾌락을 주는 느낌이 든다. 숟가락에 그득 담긴 찰랑찰랑한 액체를 입에 넣으면, 어쩐지 물약으로 된 해열제를 나에게 떠먹이던 어릴 적 엄마가 눈앞에 있는 것만 같고 나는 곧 회복될 것만 같다.

먹기 위해서가 아니라 놀기 위해서 음식을 만들 때가 있다. 주로 김밥이나 유부초밥을 만든다. 때로는 만두를 빚는다. 소풍 가는 느낌 때문이기도 하지만, 이런 유의 음식들을 만들고 있으면 소꿉놀이를 하고 있는 것 같아서 좋다. 핑거푸드. 입에 넣기 좋게 개발된 음식들. 한 입 크기의 자그마한 음식을 만들며 소꿉놀이를 빙자할 때마다 노동과 놀이의 차이에 대하여 생각하게 된다. 내가 하는 일들 중에 어떤 것이 노동이고 어떤 것은 놀이인지. 나는 하루하루 놀이를 얼마만큼 하고 있는지. 놀이가 비중이 높은 날은 어째서 많이 걷고 많이 서 있어도 피곤이 다디단지. 김밥 같은 걸 만들고 난 날은 설거짓거리가 수북하게 쌓여도 어찌하여 즐겁기만 한지. 접시에 수북하게 담아 입을 크게 벌리고 입에 넣는 순간. 치과에 가거나 하품을 할 때를 제외하면 아마도 그렇게까지 입을 크게 벌릴 일은 없을 것이다. 핑거푸드 만들기를 정말 좋아하는 이유가 입을 크게 벌린 후에 음식을 넣는 행위 때문인지도 모르겠다.

앙코르와트를 보겠다고 시엠레아프로 여행을 갔을 때였

다. 지금은 뭐든 잘 먹지만, 그때 나는 입이 짧아 음식을 잘 먹지 못했다. 조금 다른 향신료와 조금 다른 위생 상태에 적응하지 못해서 음식점에서 매번 음식을 남겼다. 앙코르와트의 석상들 중에서 유독 입을 벌린 석상들이 나의 눈에 들어왔다. 입속에 누군가가 공양한 지폐가 놓여 있어서 더더욱 그랬다. 꽃이거나 쌀알일 때도 있었다. 입을 벌리고 있던 거의 모든 석상에 공양물이 넣어져 있었다. 빈 입이 없었다.

그때 먹는 입에 대하여 자꾸 생각이 붙들렸다. 생각의 종착지는 번번이 엄마였다. 엄마는 같이 늙어가는 딸을 한결같이 걱정했다. 밥은 잘 챙겨 먹느냐고. 제때 밥을 먹어야 한다고. 좋은 것을 먹으라고. 왜 이렇게 말랐느냐고. 좋은 것을 잘도 챙겨 먹어 아무리 살이 올라 있었어도 엄마는 늘 같은 말만 했다.

아빠는 아빠만의 숟가락으로 식사를 하셨다. 밥상에 둘러앉아, 아빠가 어서 숟가락을 들고 어서 국에 숟가락을 담그고 어서 한 숟갈을 뜨시기를 우리는 기다렸다. 너무 좋아하는 반찬이 밥상 위에 올라와 있어도, 아무리 배가 고파도 그렇게 해야 했다. 아빠에겐 아빠만의 은숟가락이 있었고 아빠만의 밥그릇과 국그릇이 있었다. 엄마와 우리들은 스테인리스 재질의 숟가락, 대나무로 만든 숟가락 등을 마구잡이로 사용했다. 주인이 따로 있지 않고 짝도 맞지 않는 식기들을 나머지 식구들은 공유했다.

아빠의 수저만 따로 설거지를 했다. 행주에 치약을 묻혀서 닦기 이전에는 지푸라기에 시커먼 숯을 묻혀서 닦았다. 마른 행주로 반짝반짝하게 윤이 나게 해서 찬장에 넣었다. 매일매일 윤이 나게 닦아서 고이 어딘가에 넣어두곤 하던 아빠만의 사물들은 몇 가지가 더 있었다. 카메라가 그랬고, 구두가 그랬다. 사냥용 장총도 오로지 윤이 나게 닦기 위해서 가끔씩 장롱에서 꺼내졌다. 수저를 제외하고 거의 모든 아빠의 물건들을 아빠는 손수 그렇게 윤이 나게 닦았다. 신기하기만 한 그 물건들을 언제 사용하게 될지 궁금해하며,

나는 쪼그리고 앉아 아빠의 손동작을 구경하곤 했다.

"얘, 아빠 숟가락에 구멍이 났어."

어느 여름날에 엄마가 나를 불러 아빠의 숟가락을 보여주었다. 엄마가 혼수로 장만해 와서, 50년이 넘는 세월 동안 아빠의 손에 들려 밥을 담당했던 유일한 숟가락. 아버지의 유품을 미리 챙기듯, 나는 그걸 받아 내가 좋아하는 목재오르골 옆에 두고 자주 쳐다보았다. 아빠에게 정식으로 물려받은 물건이 한평생 아빠의 입속을 드나들던 구멍 난 숟가락이란 것이 좋았다.

오늘은 헝겊에 치약을 묻혀 숟가락에 반짝반짝 윤을 내보다가 생각했다. 손수 윤을 내던 그 많은 아빠의 사물들은 다 어디로 간 건지. 이사를 할 때마다 하나씩 하나씩 버리고 겨우 이 숟가락 하나만 남은 건 아니었는지. 그런데 참으로 묘한 것은, 가족들 중 그 누구도 아빠에게 새 숟가락을 선물할 생각을 안 했다는 것이다. 새 숟가락과 더불어 새 인생을 시작하기엔 늦었다는 사실을 묵묵히 받아들인 채로, 그제야 여느 식구처럼 아무 숟가락으로 식사를 하며 아빠는 여생을 보냈다.

언젠가부터 나는 자주 미역국을 끓였다. 조갯살을 듬뿍 넣고 한번에 아주 많이 만들었다. 그리고 카레도 자주 끓였다. 감자와 양파와 당근과 브로콜리를 크게 썰어 넣어 커다란 냄비 가득 카레를 만들었다. 약불에다 오래오래 미역국과 카레를 올려두었다. 그리고 그것들을 들고 엄마를 찾아갔다. 엄마가 입을 크게 벌리고 내가 만든 음식들을 드시는 것을 보면서 나는 부지불식간에 딸을 대하는 듯한 말투를 사용하고 있었다. 너무 많이 늙어버린 엄마와 함께 늙어가고 있는 큰딸은 서로를 너무 가엾게만 여겼지만, 내가 만든 음식을 엄마가 먹던, 그렇게 관계가 뒤바뀌는 시간이 우리에게 왔던 것이 새삼스러워서 나는 입을 채 다물지 못한 채로 엄마를 바라보았다.

경주시 천군동 적산가옥

비스듬히 열린 문안을 들여다보았다. 방 한가운데에 접이의자 하나가 덩그마니 놓여 있었다. 창문을 통과한 햇살이 방바닥 가득 깔려 있었고, 한쪽 벽면의 반닫이 위에는 잘 개켜진 이불 한 채가 얹혀 있었다. 나는 오빠의 안내대로 접이의자에 앉았다. 오빠는 내 목에 보자기를 둘렀다. 목 뒤에서 천천히 매듭을 묶었다. 그리고 나에게 빗질을 해주었다. 내 머리카락을 빗겨주었다. 가위 소리가 들렸다. 질경질경 머리카락이 잘려나갔다. 나는 아무 생각이 없었다. 다만 오빠가 무얼 하는지가 보고 싶었다. 오빠는 고개를 움직이지 말라고 했다. 가만히 있어야 한다고 했다. 질경질경 소리를 좀 더 듣고 나서야 엄마가 늘 내게 해주었듯 이발을 하는 중이란 걸 알아챘다. 오빠는 나에게 조곤조곤 말했다. 요약하자면, 유치원 수업 시간에 이발사에 대하여 배웠다는 내용이었다. 이발소 놀이를 하고 싶었던 모양이었다. 집에 돌아가면 동생 둘 중 하나를 붙잡고 이 놀이를 해야겠다고 단단히 마음을 먹은 듯했다. 오빠가 유치원 가방을 마룻바닥에 내던지자마자 순식간에 벌어진 일이었다.

나는 이발소 손님 역할을 하는 것에 별 거부감이 없었다. 거울을 보게 되기 전까지는 말이다. 놀이가 끝난 다음, 오빠의 표정을 보고서야 당장 거울을 보아야 한다는 걸 알아챘다. 오빠는 내가 거울을 보지 못하도록 나를 가로막았다. 막으려는 마음으로는 하려는 마음이 행사하는 힘을 결코 막을 수 없다는 걸 그때 처음 알았다. 힘센 오빠를 밀치고 나는 거울을 보았다. 누더기 머리 꼴을 한 아이가 거울 속에 있었다. 이 사태가 나에겐 큰 기회라는 것을 나는 동물적으로 알아차렸다. 더 억울하게, 더 서럽게, 꺼이꺼이 목놓아 울면서 쪽마루에 걸터앉아 엄마를 기다렸다.

내가 손님이 되어 머리카락을 쥐어뜯기다시피 한 그 자리에 오빠는 무릎을 꿇고 앉아 있었다. 관아에 끌려나온 죄인의 몰골이었다. 닭똥 같은 눈물도 흘렸다. 엄마와 아빠는 오빠를 향해 대노하고 있었다. 나는 아빠의 품에 안겨 그 모습을 정면으로 바라보며 음미했다. 아마도 내 생애 처음으로, 안온하고 든든하며 위엄 있는 상석에 앉아본 경험이었을 거다. 삼남매 중에 누군가가 심하게 혼이 날 때에 함께 겁을 먹고 함께 공포스러워했던 경험들과는 사뭇 달랐다. 나는 조금의 겁도 수반되지 않은 얼굴로 형제가 벌받는 모습을 쾌락적으로 즐기고 있었다. 오빠가 여섯 살, 내가 다섯 살 때의 일이다.

그날 이후로 며칠 정도는 오빠에게 귀한 대접을 받았다. 귀한 대접이래 봤자, 오빠가 동네 아이들과 칼싸움을 하기 위해 플라스틱으로 만든 장검을 바지춤에 차고 나갈 때에 칼집을 내 손에 들려주는 정도였지만, 나에 대한 예우가 매우 발전된 경우였기 때문에 위풍당당하게 오빠를 따라나섰다. 병원놀이를 할 때에 환자 역할 전담이었던 나에게 의사 역할을 양보하며 청진기를 목에 걸어주기도 했고, 전쟁놀이를 할 때에는 나에게 완구용 수류탄을 던지게 해주며 오빠가 자진해서 간호병 역할을 하기도 했다. 딱 며칠 정도를 그렇게 권력을 거머쥔 채 지냈다.

경주의 외곽 산동네에서 목장 집 딸로 지낸 유년기의 맨 앞부분에 놓인, 가장 선명한 장면들 중 하나다. 그 시절의 흑백사진 속 나는 항상 엄마의 손수건을 두건으로 쓰고 있다. 시골 아이의 꾀죄죄한 얼굴에 두건까지 쓰고 있어 거의 꼬마 산적 같은 모습이지만, 표정만큼은 흡족함으로 가득하다. 가족들이 둘러앉아 앨범을 꺼내볼 때마다 누군가 두건 쓴 꼬마 산적을 검지로 콕 짚으며, '좋단다' 하며 허허 웃곤 하는.

서울에 다녀온 엄마가 내 눈앞에서 인형을 흔들어 보였다. 파란 눈에 금발이었다. 누이면 눈을 감는 인형을 품에 안고 다니는 아이가 어느 날 나의 인형을 가리키며, 재워주면 잠을 자야 하는데 눈을 뜨고 있으니 무서워 보인다며 핀잔을 주었다. 내 인형은 누워서 잠이 드는 게 아니라 생각을 하는 중이라고 어설프게 대꾸를 해보았지만, 그 아이가 인형을 누였을 때 스르르 눈을 감는 모습에 부러움을 감출

수는 없었다. 굳이 갖고 싶다고 말하지는 않았지만, 센스
넘치던 엄마는 내가 유행에 뒤질세라 그 인형을 사들고 오
셨다.

나는 인형이 눈을 감는 순간이 신기해서, 인형을 데리고
학교에 간다거나 이웃집에 놀러 가는 콘셉트가 아니라 깊
은 병에 걸려 늘상 누워 있는 역할놀이에 돌입했다. 강아지
인형이 문병 오면 푸른 눈의 금발 아기는 일어나 잠시 앉았
다 다시 눕고, 곰 인형이 문병 오면 또다시 일어나 잠시 앉
았다 누웠다. 강아지 인형과 곰 인형으로 문병을 오는 역할
은 오빠와 동생이 도맡았다. 오빠였는지 동생이었는지는
기억에 없지만, 누군가가 내 인형의 눈알이 좀 무섭다고 했
다. 푸른 눈동자가 공포영화 속 주인공 같다고 했다. 듣고
보니 나도 무서워졌다. 오빠는 인형 눈알을 검은색으로 색
칠해볼 것을 권했다. 이미 손에는 검정 모나미 볼펜이 들려
있었다. 눈알이 검은색이어야 진정으로 우리 집 식구가 되
는 거라며 나를 설득했다. 강아지 인형과 곰 인형의 눈알을

톡톡 건드리며 예증을 제시하기까지 했다.

오빠는 엄지손가락으로 볼펜의 노크를 똑딱 눌렀다. 주의 깊게 푸른색을 검정으로 지워가기 시작했다. 마침내 검은 눈동자가 완성되었지만 테두리가 다소 야무지게 마무리되지 못했다. 눈알이 점점 커져가더니 흰자위가 사라져갔다. 푸른 눈알이었을 때보다 무섭기로 치자면 훨씬 더 무서웠다. 공포영화 주인공 같은 얼굴이 한이 서린 조선시대 귀신의 몰골처럼 변해버렸다. 일으켜 세우는 순간에 스르르 눈을 뜨는 그 모습이 가장 섬뜩했다.

인형이 아니라 귀신을 안고 다니는 신세로 며칠을 보낸 후에, 동생과 나는 이 현실을 개선하고 싶어졌다. 동생은 이 인형에 열렸다 닫히는 눈꺼풀이 있다는 특징을 이용하여, 감겨주면 어떠냐고 제안했다. 효녀 심청도 동화 속 주인공인데 눈을 감고 있지 않느냐며 나를 설득했다. 우리는 오빠의 지도 편달로, 검은색 눈알 위에 본드를 한 방울 떨어트렸다. 그리고 잠시 눈꺼풀이 붙기를 기다렸다. 눈 주변으로 번진 본드를 닦아내느라 손가락 끝이 엉망이 되었다. 오빠는 멀찍이서 장난감 트럭을 혼자 갖고 놀다 우리에게 소리쳤다. 동화 속에서 눈을 번쩍 뜨는 인물은 심청이 아니라 그녀의 아버지 심 봉사라는 사실을 뒤늦게 우리에게 알려주었다. "바보들……!" 하며 혀를 찼다. 동생과 나는 서로를 한참 동안 바라보다, 오빠의 트럭을 향해 몸을 던지며 돌격했다.

등 돌림

1.

돌아가신 지 40년이 가까워오는 외할머니가 가끔씩 꿈속에 나타나신다. 꿈속에서 할머니는 조금쯤 거리를 둔 곳에서 뒷모습만 보여주신다. 나는 그걸 아주 당연하게 여기고 있다가 불현듯 알게 된다. 아…… 할머니구나……. 이내 꿈속이란 걸 알아차린 후 꿈에서 깨어버린다. 할머니를 꿈에서 보면 나에게 좋은 일이 있다. 실제로 무슨 대단한 좋은 일이 일어나는 건 아니고, 내가 그렇게 여기기로 마음을 먹었다. 한 지붕 아래에서 지내던 식구가 꿈에 나타났을 때마다 그렇게 여기기로 했다. 그래야 홀연히 깼을 때에, 그리움을 조금 더 오래 순정한 마음으로 누릴 수가 있다. 어제도 몇 년 만에 꿈속에서 할머니를 만났다. 역시나 아무 말도 건네지 못하고 꿈에서 깨어났다. 할머니는 조금쯤 어둠 속에 있고 조금쯤 햇살 속에 있다. 오후 4시 정도의 햇빛 속에 앉아 계시는 듯도 하다. 할머니의 은빛 머리칼 속에 정갈하게 꽂힌 은비녀 때문에 그녀라는 사실을 나는 알아차린다.

할머니가 앉아 계신 곳은 언제고 어릴 때 살던 집의 쪽마루다. 그곳에서 마당에 핀 꽃을 바라보고 계신다. 마당은 언제고 5월 즈음이다. 나는 할머니를 생각하며 하루를 시작한다. 할머니의 목소리도 떠오르고 할머니가 늘상 들려주시던 재미있는 이야기들도 기억이 난다. 할머니의 익살스러운 연기가 곁들여진 이야기에, 어렸을 때의 나는 엄청난 집중을 하며 즐거워했다. 따뜻한 커피를 내려 두 손으로 컵을 감싸며, 할머니가 계신 그곳의 계절이 혹한의 겨울이 아니라 5월 즈음이라는 것에 안심한다. 그곳에서 누군가를 속절없고 하염없이 기다리고만 계시는 것은 아니기를 바라기도 한다. 할머니는 할머니가 늘 계시는 어딘가에서 잘 계시다가 그 집에 잠시 들르는 것이길 바란다. 그때마다 내 꿈에 잠시 나타나는 것이면 좋겠다고 생각한다. 우리 가족 중에서 외할머니를 꿈에서 만나는 사람은 나밖에 없다. 할머니의 은비녀를 내가 유품으로 간직하고 있기 때문일 거라고 가족들은 종종 추측한다.

유년 시절에 나는 할머니와 같은 방을 썼다. 할머니가 팔베개를 해주면 그 품에서 잠이 들었다. 할머니는 바쁜 엄마를 대신해서 늘 내 옆에 있었다. 운동회를 할 때에도, 멀리 소풍을 갈 때에도, 할머니가 내 옆에서 함께 사진을 찍었다. 할머니가 좋아했던 음식도, 할머니의 체취도, 할머니의 구부정한 자세도 생생하게 기억을 하고 있는데, 나는 할머니의 이름을 모른다. 살면서 단 한 번도 할머니의 이름을 궁금해해본 적이 없었거나, 언젠가 알게 되었을 텐데도 기억하지 못하거나 둘 중 하나일 것이다. 이름을 몰랐기 때문에 꿈속에서 만나도 부를 수 없었던 것일까. 그래서 눈 한번 마주치지 못한 채로 꿈에서 깨버리는 것일까.

윤단비 감독의 영화 〈남매의 여름밤〉에서, 마당의 식물들에게 물을 주는 할아버지에게 "할아버지" 하고 동주가 부르면 할아버지는 환하게 웃었다. 두 사람이 잠깐 마주 보고 웃는 장면을 보는데 옆집에 사는 가족을 담 너머 훔쳐보는 느낌이 들었다. 그런 장면을 영화 속에 넣어야 했던 감독의 마음을 알 것 같다. 이런 방식으로 이해라는 것이 나에게 올 때, 나 자신을 조금쯤 더 아끼게 된다. 노력해서 얻게 되는 이해라기보다는 저절로 와닿아서 비로소 살아나는 이해. 어떤 경험을 들추어내어 어떤 이해를 소생시키고 싶은지를 언제고 골똘히 생각하는 나는 할머니에게 받은 사랑을 살아나게 할 수 있을 뿐, 할머니에 대해서는 아는 것이 너무도 없다는 걸 알게 됐다. 그 사람에 대해서 아는 것이 별로 없음에도 불구하고, 사랑을 받았다는 기억은 선연하다는 것이 믿기지가 않는다. 내가 든든해하는 것은 할머니라는 존재가 아니라 나의 기억일 수도 있겠다 싶다. 할머니의 이름이라도 알고 싶다.

2.

엄마, 외할머니 이름 기억해?

김인순. 너는 외할머니 기억이 나?

응. 기억나. 지금 엄마가 내가 기억하는 외할머니 같아.

그래? 나는 지금 네가 내 모습 같은데.

내가 훨씬 예쁜데?

아니야. 나도 예뻤어.

외할머니가 나 많이 예뻐해줬어.

그걸 알고 있구나.

그럼 알지.

분식집에서 떡볶이와 어묵을 사 먹고 싶다는 엄마와 마주 앉아 드디어 외할머니 이름을 알아냈다. 다음에 꿈에 나타나면, 나타나서 또 뒷모습으로 저만치 앉아 계시면 큰 소리로 불러봐야겠다. "김인순!" 내가 부르면 꼭 고개를 돌려 얼굴을 보여줄 것 같다.

걸어서 그곳에 가기

"좀 쉬었다가 가자."

함께 걷던 사람에게 꼭 한 번은 듣게 되는 말이다. 나는 하염없이 걷는 것을 좋아하고, 하염없이 걷다 보면 걷는다는 것도 잊게 되는 것을 좋아하고, 걷는 걸 잊었으니 쉬고 싶다는 마음도 잊게 되는 무아지경의 걷기를 좋아한다. 아무리 걸어도 피로를 모르지만 피로하지 않은 것은 아니다. 알아차릴 줄을 모를 뿐. 함께 걷던 사람이 반 발짝 뒤에서 내 옷소매를 끌어당기며 쉬자고 말할 때에야 나는 피로감을 잊고 있었다는 걸 깨닫는다. 마침 쉴 만한 바위나 벤치같은 것을 발견하고 다가가서 앉는다.

세 사람이 함께 야쿠시마 숲길을 걸을 때에도 그랬다. 나는 숲길에서 그 특유의 습도 속에 있는 것을 좋아한다. 나무나 나무 그늘 속에서 서식하는 갖은 초록을 살펴보며 공부하듯 걷는 것을 좋아하는 한 사람이 자주 멈추어 서서 허리를 숙여 카메라 렌즈를 들이대며 아름다운 잎사귀를 담으려 할 때마다, 나는 걷던 자세 그대로 조금 느리게 걸으며 피부에 닿는 습도에 흡족해할 뿐이었다. 몇 번이고 쉬었다 가자는 말을 들었고, 그럴 때마다 아차 하고는 조금쯤 미안해하며 벤치에 앉았다.

필리핀의 사말 섬에서 옥빛 바다를 유영하며 온전한 휴양을 마친 다음, 집으로 돌아가기 전날, 마닐라의 거대한 쇼핑몰을 돌아다닐 때에도 그랬다. 글로벌 브랜드의 가게보다 처음 듣는 로컬 브랜드의 가게를 발견하고 그곳에서 내가 오래 애용할 무언가를 기념품으로 사는 것을 좋아하는 나는, 발품을 파는 그 시간이 그저 즐거웠다. 내가 딱 원하던 그것이 어딘가에 숨어 있으리란 기대감 덕분에 피로 같은 건 느낄 리 만무했다. 함께 쇼핑을 하던 친구가 팔을 뻗어 노천카페를 가리키며 뭘 좀 마시고 쉬자는 말을 꺼내고 나서야 슬리퍼를 신은 나의 발이 아파오고 있다는 것을 알아챘다. 시원한 음료와 달콤한 간식을 주문하고, 빈 테이블 하나를 차지하고 나서야 피로가 서서히 배어 나오는 친구의 얼굴을 발견하게 되었다.

방콕에서 집을 얻어 오래 머물렀을 때에도 그랬다. 며칠 정도 짬을 내어 방콕으로 놀러 와준 친구를 데리고 많은 곳을 걸어 다녔다. 택시도 흔하고 툭툭도 흔하고 지하철조차 잘 되어 있는 도시였고, 걸어서 다니기에는 많이 더운 도시였지만, 친구를 데리고 어지간히 걸어 다녔다. 목적지를 향해 교통수단을 이용할 때에는 발견할 수 없는 우연들을 겪는 일을 친구도 좋아해주었다. 우연히 발견한 서점과 우연히 발견한 노점상과 우연히 발견한 편집 숍을 기웃거리는 재미에 일부러 골목골목을 누비며 이동했다. 친구는 단 한 번도 쉬었다 가자는 말을 내게 꺼내지 않았다. 나는 나랑 비슷한 종족이라고 간단히 생각했거나 그런 생각조차도 하지 못한 채로 마냥 돌아다니는 데 심취해 있었을 것이다. 갑자기 친구가 노래를 부르기 시작했다. 우렁찬 목소리로 어떤 노래의 후렴구를 대뜸 부르기 시작했다. 친구가 부른 노래의 다음 소절을 나는 이어서 불렀다. 반사적으로 노래가 그냥 흘러나왔는데, 이어 부르고 나서야 친구가 노래를 부르기 시작했다는 것도 알아차렸다. 우리는 함께 노래를 부르게 되었다. 얼굴에 묻어 나오는 웃음기를 마주보며 한참을 불렀다.

친구와 지낸 며칠 동안, 몇 번 정도 그렇게 길거리에서 함께 노래를 불렀다. 번번이 친구가 먼저 시작했다. 그런 일을 몇 번 겪은 후, 나는 친구가 노래를 부르는 이유를 짐작할 수 있게 되었다.

"너 지금 힘들지?"

친구에게 질문해보았다. 친구는 어떻게 알았냐고 했다.

"좀 쉬었다 갈까?"

내가 먼저 친구에게 말했고, 친구는 자신이 피곤해하고 있다는 걸 어떻게 아느냐며 눈을 동그랗게 떴다. 길가의 계단참에 앉아 친구와 나는 피로감과 노래의 연관성에 대하여 이야기를 나누었다. 친구는 자신이 피로할 때마다 쉴 생각은 하지 않고 자신도 모르게 노래를 노동요처럼 꺼내어 부르는 습관이 있다는 걸 처음 알았다고 했다. 피로감을 스스로 인지하지 못하는 공통 습성에 대해서도 한참이나 이야기를 주고받았다. 우리를 피로하게 만드는 온갖 국면들에 대해서도. 오직 몸만이 피로한 여행지에서의 달콤한 걷기에 대해서도.

처음 가본 골목의 계단참에 앉아 친구와 이야기를 나눈 날 밤, 나는 옆 침대에서 죽은 사람처럼 잠든 친구의 등 돌린 뒷모습을 바라보며, 나중에 꼭 시로 써보리라 생각하며 메모를 했다. 그날 집에 돌아오는 길에 휘영청 밝게 뜬 보름달을 보고서 "와, 보름달이다!"라고 동시에 말하고 동시에 웃었던 순간이 자꾸 떠올라서였다.

조금 다르기

기차 소리를 들으러 갔다. 친구가 새로 이사할 집으로 염두에 두는 곳이 기찻길 옆인데, 그 소음이 어느 정도인지 직접 가서 확인해보고 결정을 하고 싶다기에 따라나서보았다. 해가 지는 시간에 길가에 서서 기차가 지나가길 기다렸다. 개를 데리고 산책을 하고 있는 주민들이 보였다. 코스모스가 한창 피어 있는 골목을 걸어보기도 했다. 기차가 지나갔다. 걱정했던 만큼이나 커다란 소리를 내고 지나갔다. 친구는 그 집을 포기하고 다른 집을 알아보기로 쉽게 결정을 내렸다. 우리는 한참이나 그 동네를 걸으며 기차에 대한 옛날 기억들을 꺼내어 이야기를 나누었다. 처음 기차를 타본 기억, 기차를 놓쳐본 기억, 기차 안에서 생긴 이상한 인연, 기차가 등장하는 영화에 대해서까지, 생각이 나는 것들을 입 밖으로 꺼내며 한참을 함께 걸었다. 그리고 그 동네의 다른 것들에게도 눈길을 주며 이야기를 나누었다. 이 동네엔 길고양이가 참 많네, 같은 이야기가 또 다른 이야기를 낳고 뒤이은 미소와 느닷없는 폭소를 낳았다.

집으로 돌아오는 길에 친구에게 메시지가 왔다. 그 집으로 이사를 했으면 하는데 어떻게 생각하느냐고. 기차 소리는 분명한 단점이었지만, 그 동네에 이미 추억이 생겨버린 느낌이 들었다고. 잔상이 남아 마음을 접을 수가 없다며, 그 동네에서라면 훨씬 다정한 마음으로 평온하게 하루를 살아갈 수 있을 것만 같다 했다. 나는 만류하는 메시지를 적다가 지웠다. 친구의 결정을 지지하는 내용으로 바꾸어 답장을 보냈다. 나에게도 그 동네의 공기와 분위기가 기분 좋은 잔상으로 머릿속에 맴돌아서였다. 좋은 잔상을 남긴 동네라면 한번쯤 살아보는 것도 나쁘지 않을 거라고 생각했다. 무엇보다 이사를 결정하는 데에 동원된, 친구만의 그 사소한 잣대에 응원을 보내고 싶었다. 친구만의 독특함이 파생시킨 선택들로, 친구의 특별한 인생이 새롭게 펼쳐질 수 있었으면 해서였다.

오래전, SNS를 사용하는 사람들이 주변에 많아지기 시작할 무렵, 친구들을 만나면 이런 얘기를 나누었다. 만나는 건 반갑지만 만나서 할 얘기가 줄어들었다는 것이다. 오늘 점심 식사로 무얼 먹었는지를 이미 알고 있고, 요즘 무슨 책을 읽었는지도 다 알기 때문에, 어떤 영화를 어떻게 보았는지까지 다 알고 있기 때문에, 건넬 수 있는 가벼운 인사말이 궁색해진다는 소회였다. 그땐 그랬다. 그때는 그 집 고양이가 잘 지내는지 묻지 않아도 잘 알 수 있어서 좋았고, 그가 밥은 잘 챙겨 먹고 다니는지 어디서 누구와 만나서 놀고 있는지를 시시콜콜하게 알 수 있어서, 그 사람을 더 잘 알 수 있어 좋았다. 사실은 잘 알 수 없다는 걸 모르지 않았음에도. 새로운 형태로 타인을 접하던 이 방식에도 익숙해진 지금, 우리의 애호와 선택이 어떤 식으로 결정되는지를 더는 모른 체할 수 없게 되어버렸다. 타인에게서 감염의 방식으로 내게 다가오게 되는 애호의 세계에 적극적으로 나를 노출하고 수렴하면서, 정보에 취약하지 않고 유행에 뒤처지지 않고 있다는 안도감을 소속감으로 인지하면서. 스스로의 독특함으로써만 발견되는 조금 다른 즐거움을 늘 뒷전에 남기면서.

　나는 언젠가부터 조금 다른 나의 의견과 일상과 나만의 발견은 그런 공간에 전시하지 않게 되었다. 모두들, 조금 다른 각자의 의견은 어딘가에 꽁꽁 숨겨두고 있을 것 같다. 모든 것을 알리는 듯하지만, 그만큼 각자의 비밀은 비대해지고 있는 것은 아닐지. 나도 비밀로 하고 싶은 것이 점점 많아져간다. 새로 알게 된 아름다운 장소. 나만의 비밀 장소가 되기를 바라며 발설하지 않는다. 그곳이 유명해지지 않기를, 그래서 변하지 않기를 바란다. 유명해진다고 해서 모두 쉬이 변해버리는 것은 아니지만, 자연스러운 그대로의 장소는 유독 쉬이 변해버리고 만다.

　많은 이야기들이 매복해 있고, 조금 다른 시야를 누릴 수 있고, 희미하지만 야릇한 잔상을 남기는 장소들. 그런 곳에는 독특한 소리들이 어우러진 독특한 공기가 피부를 감싼다. 감각하는 기관인 우리의 육체에 은은하게 새겨져 마침내 머릿속에 아름다운 기억으로 존재감을 드러낸다.

내가 친구와 함께 걸었던 그 낯선 골목처럼. 친구가 앞으로 살게 될 동네처럼.

손전등을 비추며 걷던 밤

인터넷 같은 것은 상상도 못 해본 90년대에는 주변의 여행 경험자에게 조언을 구하거나 여행사에 직접 찾아가 팸플릿의 사진 몇 장으로 여행지를 결정했다. 쿠알라룸푸르에서 반년 정도를 지내다 깨끗하고 드넓은 바다가 보고 싶어서 무작정 여행사를 찾아갔던 시절도 그 무렵이었다. 여러 휴양지들 중에서 유독 가격이 저렴한 장소 하나가 눈에 띄었다. 이 상품은 왜 이렇게 가격이 저렴한지 직원에게 질문하자, 교통이 불편해서 사람들이 많이 안 가는 곳이라는 대답이 돌아왔다. 사람들이 많이 안 가는 곳이라니. 그 설명이 더 유혹적이었다. 나는 계약금을 걸고 그곳을 예약했다. 그리고 백화점에 들러 스노클링 장비를 간소하게 구했다. 선크림도 넉넉하게 구해두었다.

　밤 버스를 타고 작은 도시까지 간 다음, 선착장으로 이동을 했다. 새벽이 끝나가고 아침이 시작될 무렵, 첫 페리를 타고 섬에 입성했다. 열세 시간 남짓 걸려 도착한 그곳은 어쩐지 이 세상의 끝 같기만 했다. 더 먼 땅이 어딘가 있을 것 같지 않은 느낌이 들었다. 만약 이 뒤편에 세계가 더 있다면 그곳은 이 현세에서의 장소는 아닐 것 같았다. 며칠을 지내다 보니, 그곳은 이 세상의 맨 끝이라기보다는 이 세상의 시작점 같기도 했다. 까마득히 잊고 있었던 어린 시절 속 풍경들이 곳곳에 펼쳐져 있었다. 집 외부의 수돗가에서 서로 등목을 시켜주는 가족들. 설거지를 하고 엎어둔 식기들이 포개진 모습을 훤히 볼 수 있는 부엌들. 소리 없이 기염을 토하는 석양에 넋을 빼앗기는 잠깐. 그 이후의 시간은 칠흑이었다. 손전등을 손에 들고 작은 길을 따라 산책을 했다. 구불구불한 흙길이지만 샛길은 없었다. 길 끝에는 당연히 작은 집 한 채가 마침표처럼 놓여 있었다. 다시 방향을 틀고 왔던 길을 되돌아갔다. 그렇게 해서 내 방에 도착을 하면, 천천히 저녁을 먹고, 천천히 일기를 쓰고, 천천히 샤워를 하고, 스르르 잠이 드는 것이 나의 일과였다.

일찍 눈을 뜬 어떤 날은 조금 먼 곳까지 가보기로 했다. 학교를 발견했다. 기웃거리는 이방인에게 누군가가 이리

오라고 손짓을 했다. 선생님이 내어주는 따뜻한 차를 마셨다. 오전에는 초등학생이, 오후에는 중고등학생이 다니는 학교였다. 학교 앞 선착장 벤치에서 샌드위치와 커피를 먹으며 오후 내내 구경꾼 노릇을 했다. 페리가 한 척 도착하고 인부들은 텔레비전이나 밥솥 그림이 그려진 박스를 옮겼다. 바퀴 두 개가 달린 자그마한 수레를 끌고 와서 누군가는 그 박스를 싣고 돌아갔다. 수레 하나마다 아이들이 달라붙어 새 물건을 환영했다. 멀리서 바라보아도 얼마나 열광하는 중인지 다 알 수 있을 만큼, 아이들은 뛰면서 춤을 추었다.

숙소로 돌아와 이것저것 챙겨 들고 해변으로 나갔다. 몇 걸음 떨어진 곳에서 매일매일 만나던 한 아이는 카멜레온과 껴안고 씨름하고 놀았다. 그 아이도 나처럼 이 동네 아이들과는 피부색이 약간 달랐다. 나처럼 얼마 동안 이곳에 놀러 온 아이일 수도 있고, 아예 이곳에 정착해서 이곳 사람이 되어가는 중일 수도 있었다. 딱 한 번 그 아이가 나에게 다가온 적이 있었다. 나는 폐타이어로 만든 그네를 타던 중이었다. 그때 그 아이는 태연스레 내 등을 밀어주었다. 두 번, 세 번 밀어주니 나는 날아오르듯이 그네를 탔다. 그 아이와 함께 소리 내어 깔깔 웃었다. 그 아이에게 그네를 양보하고 내가 등을 밀어줄 차례가 왔을 때 그 아이는 신나게 그네 타는 솜씨를 뽐냈다. 해가 지고, 그 아이의 자그마한 손을 잡고 여태껏 혼자 걸었던 길을 함께 걸었다. 이후, 그 아이가 사는 집은, 열이 심하게 나던 밤에 내가 손전등을 손에 들고 해열제를 얻으러 갈 수 있는 나의 이웃이 되었다.

장소애 場所愛, topophilia

0.

공간이라는 말을 즐겨 쓰다가 언젠가부터 장소라는 말을 더 자주 사용하게 되었다. 공간이라는 말을 즐겨 쓸 시절의 나에게는 이야기라고 불러줄 만한 것이 별로 없었다. 그렇고 그렇게 살아, 그렇고 그렇게 문학을 알게 됐고, 그럭저럭 문학의 언저리를 맴돌며 시를 써온 나에게, 고유한 이야기가 따로 존재할 리 없다고 여겼다. 무릎을 세워 감싼 채로 잔뜩 웅크리고 앉은 한 아이가 겨우 자기 심장만을 바라보며 시를 썼던 시절이라고 말해두어도 될 듯한 시간들이었다. 그때의 나에게는 고향도, 내가 살았던 동네도 그저 하나의 공간일 뿐이었다. 나의 거주 공간이 최소한만이라도 쾌적하기만 하면 되었다. 공간과 공간 속의 내가 동시에 맺게 될 이야기들에 대한 관심 같은 건 없다시피 했다. 그러던 내가, 공간이라는 단어보다 장소라는 단어를 쓰기 시작했는데, 공간에 깃든 고유한 이야기를 둘러보게 되었기 때문이었다.

어떤 장소에 놓여 있느냐에 따라 나는 다른 사람이 되었다. 어떤 천박한 상업적 거리에서 나는 더불어 천박해졌고, 어떤 케케묵은 골목에서 나는 더불어 케케묵어졌다. 장소 속에서 나는 하나의 닫힌 개체가 아니라 장소에 따라 동기화되는 미완의 개체였다. 하나의 장소와 연결된 내가 다른 사람이 되어가는 것은 장소에 스며든 이야기를 감지한다는 것이었다. 이야기가 겹겹이 쌓인 어느 장소는 나를 다른 사람으로 만들어줌과 동시에 나에게 하나의 시를 불러주었다. 그렇게 해서 시를 받아 적는 내가 탄생되었다. 시를 받아 적는 나는, 나를 기록하는 내가 아니라 장소에 깃든 어떤 이야기를 기록하는 나로 변해갔다. 장소에 깃든 이야기에는 그 장소와 인연을 맺은 많은 사람과 많은 사물들의 이야기가 함께 담기기 마련이다. 나는 개미처럼 작아지고 다만 이야기가 거대해진다. 시인인 내가 세계를 언어 속에 욱여넣고 주물거리는 것이 아니라, 세계가 불러주는 정보들을 놓치지 않고 정서를 한다. 시로 정서를 한다는 의미에서만

나는 시인일 뿐, 시인으로서의 나의 자아는 서기와 큰 차이
가 없다. 단지, 서기와 차이점이 있다면 그 장소에서 제삼
자처럼 내가 존재한다는 사실을 함께 적는다는 점이다.

　장소라는 말과 공간이라는 말은 엄연히 구별된다. 장소
는 시간이 부여해준 가치와 역사가 부여해준 이야기를 함
께 담은, 고유한 이름이 있는 공간이다. 그 공간을 영위하
는 한 개인의 양태들이 냄새처럼 고스란히 밴 곳이기도 하
다. 장소는 유일하고 공간은 보편이다. 장소는 변화를 겪
고 공간은 그대로다. 장소는 파괴되지 않지만 공간은 파괴
될 수 있다. 지붕이 무너지고 벽이 허물어져도 그곳에 깃든
이야기마저 소멸시키지는 못한다는 점에서, 장소는 언제까
지나 건재할 수 있다. 전쟁이 일어나고 한 도시가 파괴되어
도, 재개발이 진행되어 한 지역이 송두리째 변해가도, 공간
의 이미지만이 달라질 뿐 장소는 이야기를 꼭 붙들고 영원
히 생명을 이어갈 수 있다. 한 장소에 사는 한 명의 예술가
가 그 장소에 대하여 세세한 기록을 남겨 그 이야기를 붙들

어놓고 그 이야기가 소멸되지 않도록 기록해두는 일이 그래서 소중하다. 가시적으로는 모든 것을 잃는 듯해 보이겠지만, 비가시적으로는 잃지 않는 것이나 다름이 없도록 하기 위해서.

1.

책도 살 수 있고, 전시회도 볼 수 있고, 영화도 볼 수 있고, 놀 수도 있다는 이유 때문에 이십대의 나는 광화문과 종로를 자주 찾았다. 광화문에서부터 시작해서 안국동 로터리를 거쳐 정독도서관 쪽으로 걸어가거나, 비원을 지나 대학로 쪽으로 들어가는 코스를 즐겨 걸었다. 그곳에는 얻어온 추억도 많고 묻어두고 온 추억도 많다. 지금도 그 거리를 지날 때면, 그때의 내가 그때의 나이 그대로 그때 내 곁에 있던 사람들과 함께 그 거리에서 서성이고 있는 것만 같은 착각이 인다. 오늘도 광화문에 갈 일이 있었다. 세종대왕의 위용이 광화문 누각의 지붕 선을 가리고 있는 그 거리.

다른 지역에 비하면 덜 달라졌다고 말해야 할 테지만, 그 거리에 더 이상 정이 생기지 않는다. 서울의 어디를 가도 실은 마찬가지다. 오래오래 이야기를 머금었던 건물들이 아예 사라져버렸거나 이야기가 표백되어버린 채로 존재한다. 그런 거리에서 나는 책을 사지도 않고, 전시회를 보지도 않고, 영화를 관람하지도 않고, 놀지도 않은 채로 볼일만 챙긴 후에 버스에 올라탄다. 내가 살던 서교동 집 앞 골목도 사정은 마찬가지다. 버스 정류장에서 집 앞까지 걸어서 5분도 채안 되는 거리에서, 세 군데 건물이 큰 공사를 벌이고 있다. 한 군데는 아예 허물고 다시 짓고, 두 군데는 증축 중이다. 조용한 주택가에 스케일이 큰 상업적 공간들이 들어설 준비가 한창이다. 오래오래 지나다니며 즐겨 보았던 감나무와 소나무와 칠 벗겨진 옛날식 철제 대문들이 하나하나 사라지고 있다. 나무가 사라지고 새소리의 종류도 줄어들고 골목에서 뛰어노는 아이들도 사라졌다. 아마도 내가 광화문에 대하여, 혹은 서교동 골목에 대하여 시를 쓰게 된다면,

소멸에 대한 회한 외에는 쓸 말이 없을 것이다.

2.

  건조한 여름 기후의 그 시골 마을은 유적지를 방문해보
기도 전에 도착하자마자 감기를 선물해주었다. 숙소를 찾
아 헤매다가 지나다니는 자동차와 세찬 바람이 일으키는
흙먼지를 너무 많이 마셔서 기관지염을 앓았다. 그 도시에
도착한 많은 여행자들이 통과의례처럼 기관지염을 앓는다
는 소문을, 감기를 겨우 다 이겨낸 며칠 후에나 듣게 되었
다. 신청해둔 투어를 미루고 미루며, 침대 위에 누워 며칠
동안 신열을 앓아야 했다. 겨우 감기였지만, 아는 이가 아
무도 없는 낯선 도시에서 혼자 열이 올라 끙끙 앓는 일은 약
간의 두려움을 동반했다. 걸어서 갈 거리에 약국은 없고 병
원을 가려면 시외버스를 타야 하는 낙후된 지역에서, 순전
히 내 몸 스스로가 자가 치유력으로 감기를 다 물리칠 때까
지 잠을 자고 볕을 쬐며 기다렸다. 그리고 열이 깨끗하게 사

라진 어느 날, 드디어 내가 직접 가서 보려고 했던 그곳에 갔다. 금지된 종교를 가진 사람들이 300년이 넘도록 숨어 살던 곳. 거기서 밥을 먹고 자식을 낳고 기도를 하며 아무에게도 들키지 않게 살던 그곳. 그보다 더 오래전에는 용암이 분출돼서 가장 뜨겁고 괴이한 지형으로 변해버렸던 곳. 사람들이 숨어 살 수 있을 만큼 울퉁불퉁한 동굴로 이루어진 괴이한 지형이었고, 사람들이 은신할 수 있을 만큼 외진 곳이었을 그곳. 그러니까 사람이 살 수 없는 곳이어서 숨어서 사는 것이 가능했던 그곳. 울퉁불퉁하고 하얀 바위산에는 조그맣게 뚫린 구멍이 다닥다닥 붙어 있었는데, 그 앞에 서서 바깥을 내다보았다. 이 창문 너머로 옛날 사람들은 해가 뜨고 해가 지는 것을 보았을 것이다. 날려 보냈던 비둘기가 소식을 물고 돌아오길 기다렸던 것이다. 슬프다고 한다면 한없이 슬프고 아름답다고 한다면 한없이 아름다운 그곳을 유적지로 보존하면서, 그 마을 사람들은 대부분 관광업에 종사하며 생계를 잇고 있었다. 이 세상에는 그 장소처럼, 슬프다면 한없이 슬프고 아름답다면 한없이 아름다운 물질적인 외형과 역사적인 이야기를 함께 보유한 이상하고 야릇한 곳이 너무도 많다. 그런 곳을 사람들은 유적지라고 부르고 나는 그런 곳에다 나를 데려다놓는 걸 좋아한다. 어떤 장소에 깃든 어떤 비극이 어째서 아름다움이 될 수 있는지를 몸소 증명해내는 장소에 도착을 해야지만, 내가 쓴 시를 나 스스로가 겨우 믿어줄 수 있기 때문이다. 그렇게 숨어 살면서도 청포도를 키우고 벽화를 그려두는 사람들을 실감하지 않으면, 내 시에 깃든 나의 슬픔이 과장되고 개인적인 우울감일 뿐이라며 자꾸만 어리석어지려는 경향이 나에게 있기 때문이다.

3.

꼭 가보아야 한다고 마음으로만 되뇌던 도시에 찾아가기 위하여 영등포역에서 기차표를 끊은 적이 있었다. 영등포역에서 무궁화호 티켓을 끊어본 것은 그날이 처음이었다.

그 도시에 가보는 것도 처음이었다. 영등포와 그곳을 매일 매일 왕래하며 공부를 하거나 밥벌이를 하고 있을 것만 같은 승객들이 같은 열차 안에 앉아 있었다. 역에서 내려 모임이 있는 장소까지 걸어가는 동안에, 해고 노동자들이 서명운동을 벌이는 천막 앞에서 한참을 서서 그들이 비치해 둔 자료들을 읽었고, 그들이 제작한 동영상을 보았고, 서명을 했다. 그들의 지난한 싸움이 고독하지 않도록 용기와 힘을 보태기 위한 모임에서, 나는 시를 낭독하기로 약속했다. 내가 쓴 허약하디허약한 시가 무슨 용기와 힘이 될 수 있을까 싶은 낙담에 발걸음이 무겁고 부끄러워서 나는 혼비백산에 가까워 있었다. 문을 열고, 그들이 공동체를 이루며 살아가고 있는 그 장소에 들어가 신발을 벗었다. 아이들이 삐뚤빼뚤 그려놓은 희망의 메시지들이 복도에 알록달록 가득했다. 함께 고민하고 고민을 더 단련하기 위한 공부 모임 안내문 같은 것들도 붙어 있었고, 함께 영화를 보고 함께 심리 치유를 해나가는 시간표도 붙어 있었다. 나는 제일 먼저 그들이 내어준 밥을 먹었다. 밥을 얻어먹었다. 그리고 그들이 건네준 음료수를 마셨고, 그들이 건네준 친근한 농담을 들었고, 그들이 건네준 사소하고 소박한 호의들을 넙죽넙죽 받아가며 앉아 있었다. 나의 낙담과 나의 긴장감이 조금씩 조금씩 잊혀갈 무렵에, 한 사람이 앞에 나와서 가족에게 쓴 편지글을 읽었다. 읽으면서 그 사람은 울었고 울면서 계속계속 하고 싶은 말을 다 했다. 해고된 노동자가 몇 년간에 걸친 투쟁을 지속하고 있을 때에, 그 옆에 있는 한 명의 가족은 어떻게 살아가게 되는지를 그 사람의 편지를 통해 실감할 수 있었다. 할 이야기가 많았고, 모든 이야기는 살아 있었고, 그 사람은 용감했다. 그 사람이 얘기를 마친 후, 그 사람이 서 있던 그 자리에 서서 나는 내가 쓴 시를 낭독했다. 내 목소리는 떨렸고, 내 목소리는 파리했고, 내 목소리는 주눅이 들어 있었다. 모임은 끝났고 벗었던 신발을 다시 챙겨 신으러 현관에 갔을 때 해고 노동자 한 사람이 내 신발을 들고서 내 앞에 가지런히 놓아주었다. 그리고 길거리에 의자들을 펼쳐놓고서 다 같이 맥주를 마셨다. 고소한 튀김 냄새를 잔뜩 내뿜는 치킨을 산더미처럼 쌓아놓고서. 나는 거의 말을 하지 않았고 사람들이 주고받는 이야기를 듣기만 했다. 집에 돌아와 그 장소에서 있었던 이야기를, 그 장소에서 오갔던 작은 이야기들을 시로 기록했고 제목으로 그 장소의 이름을 붙였다.

4.

비가 갑자기 쏟아지던 오후, 선득선득한 추위가 방 안을 기습하던 날, 옷장을 열어 카디건을 꺼내 입었다. 카디건 호주머니 속에 손을 넣고 비가 후드득 쏟아지는 창밖을 쳐다보고 있었다. 호주머니 속에는 새끼손톱보다 더 작은 조개껍데기가 하나 들어 있었다. 책상 위에 올려두고 한참을 쳐다보았지만, 그 조개껍데기를 어디에서 주워 왔는지는 기억나지 않았다. 기억나지 않았으므로 최근 몇 년간 가보았던 여러 장소의 바다를 떠올렸다. 화진포, 경포대, 광안

리, 군산, 제부도, 을왕리……. 하나의 사물이 지금 내 앞에 있는데 그 사물과 인연을 맺게 된 장소가 기억나지 않으니, 오히려 나는 가보았던 모든 장소를 소환해내고 있었다. 그 장소에 함께 갔던 사람과 그 장소에 갔던 시기와 그 장소 속에서 내가 먹었고 걸었고 했던 거의 모든 이야기들이 훤히 소환되고 있었다. 기억나지 않아서 다행이었다. 거기가 어디였는지를 기억할 수 있었다면 찾아오지 않았을 기억들을 되찾을 수 있어서. 기억나지 않는다는 것과 그럼에도 불구하고 명백한 사물 하나가 증거물처럼 내 앞에 있다는 그 사실을 나는 시로 쓰기 시작했다. 명백한 것과 명백하지 않은 것의 간격 사이에서 비가 쏟아져 내리고 있었다.

5.

어떨 때는 내가 어디에 있는지 도무지 알 수 없다는 느낌이 들기도 한다. 나는 내 방 책상에 앉아 있지만, 나 자신보다 나를 더 실감하는 누군가가 저편 어딘가에서 살아 있다

는 신호를 보낸다. 내 방 창밖은 봄볕이 한창인데, 누군가
SNS에 지금 자기가 사는 동네에 폭설이 내리고 있다며 근
사한 눈 사진을 올리고 있고, 누군가 '나는 잘 지내고 있어
요'라며 병상 일기를 올린다. 모두 내가 잘 아는 사람들이
고 내가 좋아하는 사람들이고 잘 살고 있기를 내가 기원하
는 사람들이다. 나는 겨우 아침잠에서 깨어나 커피를 내려
책상에 앉아 봄빛을 창문 바깥으로 내다볼 뿐이고, 이 밋밋
한 아침은 너무도 현실감이 없는 그렇고 그런 것이라서 안
부라고 내세울 만한 것이 없다고 느낀다. 그런 때에, 그 모
든 소식들을 전해 듣는 나를 어떻게든 표현해두고 싶어져
한 편의 시를 쓰게 된다. 다른 장소에서 도착한 안부들이 차
곡차곡 쌓여가는 내가 있는 장소. 각기 다른 장소들이 한자
리에 모이는 내가 있는 장소. 장소들은 안부의 힘으로, 서
로 격리되지 않고 관여된다. 직접적일 리 없고 가시적일 리
없지만, 그 관여에 관하여 시를 씀으로써 나는 서로 다른 장
소들의 관여에 관여한다.

6.

  장소에 대한 뒤늦은 나의 애착은 좋은 장소를 갈망하고 그곳에 나를 두기를 욕망하는 것과 반대 방향에 있다. 좋은 장소가 아니라 문제적 장소, 헐벗은 장소, 사람들의 세간 살림이 뻔히 다 들여다보이고 식구들의 양말과 티셔츠를 쪼르륵 내다 넌 빨래가 깃발처럼 펄럭이는 장소에 나의 애착이 가닿는다. 그곳에서라면 시간을 이야기라고 받아들일 수가 있기 때문이다. 그 자리를 나는 시의 장소라고 믿고 싶고 그곳에 거주하고 싶다.

간극의 비루함 속에서

거기에 있었기 때문에 우리는 치명적인 순간을 경험한다. 거기에 있지 못했기 때문에 또한 치명적인 순간을 경험한다.

거기에 있었을 때에는 거기에 있었기 때문에 몸 둘 바를 모르겠어서 괴로워한다. 거기에 있지 못했을 때에는 거기가 아니라는 이유 때문에 자책하고 애가 닳고 어쩔 줄을 몰라한다.

이러한 나를 견디다 견디다 공책을 펴고 연필을 들고 나는 시를 쓴다. 시를 쓰면서 또다시 치명적인 순간을 경험한다. 어떤 단어는 도망치고 싶어 하고, 어떤 단어는 자책하고, 어떤 단어는 애닳아하고, 어떤 단어는 어쩔 줄을 몰라한다. 나는 더 어쩔 줄을 몰라한다.

공책을 한 장 넘기고 다시 시를 쓴다. 또다시 엉망이 되지만, 다시 공책을 한 페이지 넘기고 다시 시를 쓴다. 몇 번을 그렇게 다시, 다시, 다시, 하며 공책을 넘기는 와중에 나는 조금 달라져간다.

내가 거기에 있었거나 있지 못했기 때문에 발생한 치명성들은 다시 겪고 싶어도 도저히 그럴 수는 없는 명백하디 명백한 현장들인 반면, 공책을 한 장 넘겨 마주하는 백지는 시를 쓰는 일을 얼마든지 다시 겪을 수 있다는 걸 알게 하기 때문이다.

다시 겪고 싶은 일을 새롭게 다시 겪는 일 앞에서 비로소 나는 얼마간 차분해진다.

단어가 아니라 문장이, 문장이 아니라 맥락이, 맥락이 아니라 노래 비슷한 것이, 노래가 아니라 울먹임이, 울먹임이 아니라 불꽃이, 불꽃이 아니라 잿더미가 비로소 백지 위에 하얗게 쌓인다. 시는 온갖 실의와 실패를 겪어가며 끝장을 본, 한 줌 재인 셈이다.

아름다움에 매료되지만 아름다움이 어딘지 모를 비린내를 품고 있다는 것에 낙담하는 과정을 겪고, 괴로움인 줄 알았으나 괴로움이 종내는 비겁함의 다른 얼굴이었음을 확인하는 과정을 겪는다.

애와 몸이 닳았던 순간들이 겨우 남긴 온도를, 한 줌 재를 움켜쥐듯 시에 남긴다.

시를 쓰는 과정은 시인으로서 내가 겪는 과정이지만, 써진 시는 시인으로서 내가 알아챈 이 신랄한 간극들의 어지러움을 번번이 유실하고 만다.

언제나 어지럽다. 괴롭다. 삶에 대한 실의와 삶이 지닌 비밀의 간극에서 가장 괴롭다. 실재하는 실의와 도래할 실

의의 간극이 우선 무섭고, 비밀을 감각하는 감각과 비밀에
무감해지는 감각의 간극이 이미 두렵다. 살아가는 나와 시
를 쓰는 나의 간극에 쩔쩔맨다. 내가 쓴 시와 시에 대한 내
입장에 생기는 간극에 버거워한다. 살아가는 내가 살아가
야 할 나와의 간극만으로도 기겁을 하는 와중에, 내가 쓴 시
와 시에 대한 내 입장과의 간극은 냉엄하기 짝이 없다.

이 간극들 한복판에서, 나는 겨우 공책을 펴고 연필을 들
고 시를 적는다. 시를 적는다지만, 간극들을 헤아리느라 허
우적거리고 있다는 표현이 더 어울릴지도 모르겠다.

허우적거림이 무용수의 몸짓과도 같이 지극한 갈망을 드
러낼 때, 그때에만 시를 썼다고 말할 수 있다.

시는 그러므로 차분한 것 같지만 실은 시끄럽고 무섭다.
입을 봉인한 채 몸으로 지르는 비명이라서 침묵이나 적요

에 가깝다 느껴질 뿐, 시는 열렬하고 아프다.

시는 단지 그뿐이다. 단지 그뿐일까. 그뿐이어도 될까. 시가 아무것도 할 수 없어도, 무언가를 할 수 있다 해도, 굳이 무엇을 할 이유가 없다 할지라도, 무엇을 하려 해서는 안된다 할지라도, 시는 멀리 어딘가로 혼자서 간다.

나는 남겨진다. 다시 한번 시와 나의 간극이 발생한다.

그러다 보면 보이는 게 있다. 안 보이던 것이 보인다기보다는 보이던 것이 다르게 보인다.

보이던 것이 다르게 보일 때까지, 다르게 보인 그것을 정확하게 표현할 때까지, 공책을 다시 한 장 넘기고 다시 또 한 장 넘긴다.

다음 페이지에 펼쳐진 백지 앞에서

나는 다시 사는 것만 같다.

다시 살 수 있을 것만 같다.

다시 살지 않으면 안 된다고 내가 내 멱살을 잡고 싶을 때에

백지는 나에게 도착지인 동시에 출발지가 되어주는

유일한 장소다. 그 장소를 펼쳐놓고서

나는 시를 쓴다. 혼나고 싶어서 시를 쓰는 것 같다. 시를 쓴 날에는 다리를 뻗고 잠을 자도 될 것만 같은데, 비루하나마, 들키고 혼나고 벌을 받고 나면 어지러움이 잦아들고 세계가 잠시 가벼워지는 것이다.

기도를 잠시 멎게 하기

누군가 나에게 당신이 가장 잘할 수 있는 것이 뭐냐고 묻는다면, '가만히 있는 것'이라 대답하게 될 것 같다. 그게 뭐냐고 그건 전혀 아무것도 아니지 않느냐고 다시 대답을 종용한다면, '가만히 바라보는 것'이라고 대답해줄 것 같다. 내 대답을 통하여 나의 무능과 게으름을 읽는다면, '그건 기도와 마찬가지인 셈'이라고 굳이 설명을 하게 될지도 모르겠다. 내 생각일 뿐이지만, 나는 정말이지 기도를 잘한다. 오래 가만히 있다가, 오래오래 가만히 바라보다가, 그 오래오래 가만했던 시간들이 정녕 안타까워질 때에 나도 모르게 기도를 하는 것 같다. 아니다. 기도가 내 입술에서 흘러나오고 나서야, 나의 가만히 있음을 내가 몹시도 안타까워하고 있다는 걸 비로소 알아챈다. 아주 드물게는, 기도를 하는 것이 가만함뿐만 아니라 일종의 기만이라 생각될 정도로 안타까워질 때에 나는 겨우 움직인다. 그러다 보니, 나는 늘 뒤늦게 움직이고 최후에야 움직인다.

한번 움직인 이후에 나는 이전의 나로 돌아오질 않는다.

움직인다는 것은 그래서 나를 영영 보내버린다는 뜻과 같다. 그렇게 여러 번 나를 보냈고 나를 나에게서 멀어지게 했다. 보내진 나는 어딘가에 있다. 있을 것이다. 어쩌면 그것들이 '나들'일 것이다. 나는, 나를 보내기 이전까지만 내가 머무는 장소일 뿐이다. 정류장일 수도 있고 환승역일 수도 있고 거리일 수도 있고 집일 수도 있겠지만, 나는 그런 식의 장소가 될 뿐 나일 리가 없다. 가만함과 연루된 바라봄과 바라봄과 연루된 안타까움과 안타까움과 연루된 기도와 기도와 연루된 움직임의 미로 속 어딘가에서, 아마도 '나들'은 잘 살고 있을 것이다. 안부는 궁금하지 않다. 장소일 뿐인 내가 떠난 자들을 궁금해할 리는 없다. 그건 장소의 감정이 아니다.

장소로 명명해야 할 나는―하나의 장소가 그래왔듯―누적된 이야기로 피로해진다. 시간을 몸소 형상화하는 기나긴 이야기, 그 이야기는 버겁다. 무겁거나 지루하거나 고루하다. 미량의 계몽성마저 포함돼 있다. 그 모든 무게를

휘발하고 감수성만 앙금으로 남길 때에, 이야기 하나가 야릇하고 얇게 도래한다. 그걸 나는 기도라고 여긴다. 누구를 위한 기도인지 누구에게 하는 기도인지, 방향이 부재하는 기도. 그 출처만을 겨우 알아챌 수 있는 기도. 누구를 위한 기도인지를 가만히 헤아리다 보면 저주처럼도 들리고, 누구에게 하는 기도인지를 가만히 헤아리다 보면 비아냥처럼도 들리는 기도. 신음처럼 삐져나오는 모든 기도들을 위한 어떤 얇은 기도. 기도들을 잠재우기 위한 자장가와 닮은 기도. 나는 기도를 자장가로 간주한다. 시가 기도들을 잠재우는 자장가와 닮기를 바란다.

아기들은 오직 오늘만을 살고 내일은 없다고 여긴다고, 어딘가에서 들었다. 또, 아기들은 잠드는 걸 죽음과 비슷한 공포로 여긴다는 얘기도 들었다. 그래서 웬만해서는 잠들려 하지 않는다고. 내일을 위해서 이젠 자야지, 하고 생각하면 아기가 아니라고. 그런 아이들에게 내일이 있다는 것을, 내일이 곧 오늘처럼 이곳으로 오리라는 것을 가장 평화로운 방식으로 설득하는 일이 자장가를 불러주는 일이라 했다. 자장가 속에 담긴 야릇하고 평온한 약속에 기대어 아이들은 애써 붙잡고 있던 오늘을 내려놓는다. 그리고 스르르 잠이 든다. 약속에 기대는 한, 아이에겐 기도가 필요 없다. 그렇게 기도가 무용해지도록, 기도에게 자장가를 불러주는 일. 그게 시가 아닐까 생각한다.

불안을 잘 껴안기 위해서 혹은 분노를 잘 삭이기 위해서는 아니다. 불안과 분노에는 서러움과 울분이 뒤엉켜 있기가 십상이라서, 불안과 분노에게서 서러움과 울분을 떼어놓고 싶어서다. 나는 매일매일 떠나보낼 나를 배웅한다. 떠나는 나를 위해 나는 가만히 있는다. 뒷모습을 바라볼 뿐이다. 내가 걸어 들어간 한 세상의 모퉁이에 내가 베일 때에 나도 모르게 입술을 벌려 기도를 한다. 그 기도를 잠재우려면 자장가를 부른다. 그걸 듣고 나는 가만히 있어본다. 사랑에 기생하는 새로운 고통과 쾌락에 기생하는 새로운 죽음이 새 연인처럼 양옆에 누워 있다.

나를 애태우는 '무'

음악을 정말 좋아하는 사람이라면 그것이 물질임을 모를 리 없을 것이다. 자신의 온몸을 휘감고 있는 그 감촉이 물성에서 기인했다는 것을 자신의 감각으로 믿는 중일 테니까. 음악을 싫어하는 사람도 음악이 물질임을 모를 리 없다. 그것이 지닌 물성이 자신을 침해한다는 걸 누구보다 잘 알기 때문에 꺼려 하는 것이리라. 음악이 물질이 아니라고 쉽게 단정 지을 사람은 오직 음악에 무감한 사람밖에는 없을 것 같다.

음악이든, 언어든, 영혼이든 그 물성의 있고 없음에 대해 우리가 끝없이 갸웃거릴 수 있는 것은, 그것이 눈에 보이지 않기 때문이다. 눈에 보이지 않는다니. 그럼에도 존재한다니. 참으로 멋지지 않은가. 눈에 보이지 않는 것에 대해서 생각할 때마다 의문이 수반된다. 정말 눈에 안 보이는가에 대해서가 아니라, 본다는 게 도대체 무엇인가에 대하여.

과연 보고 있을까. 볼 수조차 없는 상태인 것은 아닐까. 보고 있다는 것으로 무엇이 가능해지는가. 가능함은 어떻게 감각할 수 있는 걸까. 감각하지 못한다면 그것은 없는 것은 아닐까. 보고도 눈감고, 알고도 모른 체하고, 이미 알고 있는 것이 유효하지 못한 하루하루를 지나가고 있는 것은 아닐까. 눈에 보이고 보이지 않고를 떠나서 수긍해야 하는 것들을 마땅히 수긍하고는 있는 걸까. 나는 내가 발견하지 못한 것들과 내가 인지하지 못할 것들이 그저 저 나름의 공간에서 저 나름으로 존재하고 있다는 것을 어떤 방식으로 인정해야 할까.

'개똥이' 같은 이름을 귀한 자식에게 역설적으로 지어주던 부모의 마음이 이따금 떠오른다. 그 개똥이는 부모가 바라는 대로 눈에 띄지 않아서 무해하고 무탈한 존재로 성장했을까. 얼마만큼 두려우면 갓 태어난 자식을 개똥이라는 이름으로 부르려 했을까. 영혼이라는 말도 개똥이라는 이름과 닮은 것 같다. 영과 혼이라니. 없는 셈 치고 싶은 욕망이었을까. 얼마나 두려우면 그런 이름을 붙일 수 있단 말인가.

어떤 끔찍함을 행한 인간에게 '괴물'이라고 표현하는 것도 괴이하다는 생각을 자주 한다. 그렇게까지 극악무도한 경우는 인간이 아니라고 아예 선을 긋고 괴물이라 별도로 칭하면서까지, 인간됨의 범주를 과보호하려는 욕망 같기만 하다. 인간의 본성을 선량함으로만 축소하려는 정치적 산물로 느껴진다. 인간 본성에 그만큼 무시무시한 면도 있다는 것을 영원히 모르게 하려는 심산 같기만 하다. 공포스러워서, 있는 것을 없다고 일축하는 행위.

영혼을 '무의 공간'으로 다르게 생각해보곤 한다. 여백과 비슷한 의미를 부여하면서. 여백이 많기를 바라면서. 여백이 우리에게 기여하는 매우 큰 역할을 떠올리면서. 영혼은 그래서 살을 찌우는 게 아니지 않나 하며 이따금 고개를 갸웃거려보곤 한다. 에너지가 개입될 수 없는 진공의 공간이 영혼이어야 하지 않나.

〈사이언스〉는 1998년에 '올해의 발견'으로 '무Nothing'를 선정한 적이 있다. 우주의 75퍼센트가 '무'로 구성되어 있다는 것을 발견했고, 별들을 서로 밀어내는 일을 '무'가 담당하고 있음을 알아냈다. 우주의 가장자리에 있는 은하들은 서로 멀어지는 속도가 가속화되는데, 이 가속하게 하는 힘이 '무'였다. 먼 은하들이 얼마나 빠르게 우리와 멀어지는지를 상상할 수 있게 되었고, 우주의 팽창을 이해하게 되었다.[*]

존경할 만한 어른이 없다는 말을 자주 듣는다. 내 입으로도 한 적이 있지만 지금은 조금 다르게 생각한다. 눈에 띄지 않은 어른들을 둘러보면, 거기서 존경할 만한 사람을 찾을 수 있다고 생각이 바뀌었다. 남들이 알아주지 않는 어딘가에서, 우리가 눈길을 자주 줄 리 없는 어떤 일을 평생을 바쳐—바친다는 마음도 품지 않은 채로 그저 스스럼없이 묵묵하게—하고 있는 이들. 그들은 쉽게 발견되지 않는다. 그러니까 존경할 만한 어른이 없다고 느낀다는 것은, 내가

---

[*] K.C. 콜, 『우주의 구멍』, 김희봉 옮김, 해냄, 2002, 214쪽 참조.

누구를 보고 있는지를—누구를 안 보고 있는지를—증명하는, 고작 그 정도의 말일 뿐이다. 보는 태도 때문에 있는 것을 없다고 말하는 것은, 쉽고 어리석다. 아니, 본다는 것은 쉽고 어리석다. 살아가면서 이런 유의 어리석음을 한 번도 겪지 않은 사람이 있다면, 그 사람은 영혼이 없는 사람일 것 같다. 영혼에 대해 따로 생각할 이유가 없을 만큼의, 오로지 영혼인 사람일 것 같다.

빵과 너

친구는 빵 만드는 걸 좋아한다. 밀가루를 꺼내어 체에 쳐서 계량을 하고, 물을 넣어 반죽을 하는 시간. 계란을 실온에 꺼내놓고 버터를 녹이면서 기다리는 시간. 이런 느린 시간이 자신 앞에 펼쳐지는 것이 좋다고 한다. 하던 생각이 서서히 뒤로 물러나주는 느낌이 좋다고 한다. 속상한 일이 있을 때면 그래서 빵을 만든다고 했다. 제빵 과정은 계량이 특히 중요하기 때문에 신중하게 집중을 하고 있다 보면 복잡했던 심정들이 정리가 된단다. 제빵을 제대로 배워본 적은 없지만, 언제고 정식으로 배워서 빵집을 운영하고 싶다고 했다. 글을 쓰며 살고 있지만, 더 이상 쓸 말이 없어지면 빵집을 운영할 거라고, 어린아이가 장래희망을 품듯 간직해온 꿈이라고 했다.

어느 날은 모임을 할 때에 마들렌을 구워 와서 친구들에게 나누어주기도 하고, 스콘을 구워 와서 둘러앉아 식전 빵으로 나누어 먹기도 했다. 친구는 스물두 살에 처음 빵을 만들어보았다고 했다. 방학을 맞아서 부모님이 사시는 고

향집에 내려갔을 때, 모든 게 아늑하고 좋았지만, 주변에 빵집이 없어서 빵이 먹고 싶다는 생각을 하며 며칠을 지냈다 한다. 그러다 빵을 직접 만들어야겠다고 생각했단다.

맨 처음 만들어본 빵은 스콘이었다. 엄마의 요리책 속에 레시피가 있던 빵 종류 중에서, 쉽게 도전할 수 있었고 집에 있는 재료로 가능했던 건 스콘이 유일했다고 했다. 그 경험 때문에 친구는 고향 집 같은 아주 시골에서 동네 사람들을 위한 자그마한 빵집을 운영하는 꿈을 갖게 되었다 한다.

오키나와 북부에서 작은 아파트를 얻고 차를 렌트해서 겨울을 보내던 몇 년 전에, 그런 빵집을 찾아가본 적이 있다. 산속 깊은 곳에 덩그마니 숨어 있던 빵집을 찾아가기 위해, 구불구불한 오솔길과 가파른 언덕길을 한참이나 지났다. 외딴 그곳에는 60년이 넘도록 빵을 만들며 살아오신 할머니가 계셨다. 고소한 빵 냄새가 짙게 풍기는 매장에 들어서면 맛있는 빵들이 옹기종기 봉지에 담겨져 있었는데, 봉지마다 네임 태그가 붙어 있었다. 이름이 적힌 그 빵들에 내가 눈길을 주자, 그것들은 동네 사람들이 이미 예약을 한 것이니 오늘 예약을 하고 내일 다시 오면 빵을 사 갈 수 있다고 했다. 할머니의 다정함과 단정함에 이끌려 먹고 싶은 빵을 예약했다. 다음 날에 두 번째로 그 구불구불하고 가파른 길을 다시 찾아갈 때만 해도, 오키나와의 얀바루에서 지내는 동안에 내가 그 길을 매일매일 지나가게 될 거라고는 미처 알지 못했다. 맛있기도 했지만, 산속 외딴 빵집에 홀로 불을 켜고 동네 사람들을 위해 날마다 부지런히 빵을 굽는 그 할머니를 매일매일 만나고 싶었다.

생일 선물로 받고 싶은 걸 말해달라고 친구가 문자를 보냈던 몇 해 전, 나는 떼를 쓰듯 케이크를 만들어달라고 청했다. 케이크는 기술과 연습이 필요해서 자신이 없다며 망설이는 친구에게, "네가 만든 것이라면 기술도 연습도 나는 상관하지 않고 맛있고 고맙게 먹을 수 있어"라며 친구를 설득했다. 친구가 몇 가지 새로운 빵을 만들다 실패를 겪은 후 빵 만드는 즐거움을 다소 잊고 지내는 것 같아서 더 그런 부탁을 했다.

친구가 나의 생일에 만들어온 케이크를 꺼내보고서 나는 너무도 즐거워졌다. 딸기가 군데군데 박힌 그 케이크는 실로 못생겼다. 엉성하기 짝이 없는 그 못생긴 케이크는, 그러나 완벽하게 생긴 여느 케이크보다 맛있었다. 덜 달고 부드러웠다. 케이크를 맛보면 맛볼수록, 표면과 속살에서 친구의 고심에 찬 손길들이 느껴져서 행복했다. 내가 선물로 받아본 숱한 케이크 중에서 가장 기억에 남고 가장 기쁨을 준, 최고의 케이크였다.

친구는 그 첫 케이크 이후로 케이크를 더 근사하게 만드는 연습을 하면서 케이크 선물을 즐기게 됐다. 올해 생일에 친구가 만들어온 당근케이크는, 만들어온 것이 아니라 아주 유명한 빵집에서 구입해 온 것인 줄로 착각했을 정도로 완벽한 기술을 구가한 모습이었다. 친구 덕분에 좋아하는 당근케이크를 가장 원하는 당도로 맛보는 경험을 했다. 자랑이 은근히 밴 친구의 표정도 좋았다. 그런데 커피와 함께 당근케이크를 먹으면서, 나는 그 울퉁불퉁했고 사랑스러웠던 못난이 케이크는 더 이상 맛볼 수 없겠구나 생각했다.

실수가 찬란해지는 일

아버지에게 스티로폼 상자가 배달된 적이 있었다. 낮 시간이었고 어린 동생과 둘이서 집을 보고 있었다. 하얀 상자에 자꾸 눈이 갔다. 내용물이 무엇일지 궁금했다. 뚜껑만 열어보자며 봉해진 테이프를 뜯었다. 뚜껑을 살짝 열고 상자 안을 들여다보았을 때, 이상한 일이 벌어지고 말았다.

너무 많은 산낙지가 들어 있었다. 뚜껑을 열자마자 낙지들은 필사적으로, 아니 여유 있게 꿈틀대며, 탈출을 시도했다. 한 마리씩 떼어내어 상자 안에 다시 넣으려 했지만, 쉽게 떼어지지 않았다. 그래도 간신히 떼어내어 상자 안에 도로 넣고 뚜껑을 냉큼 닫았지만, 또 다른 놈이 기어 나와 있었다. 뚜껑을 열어 한 놈을 집어넣으면 또 다른 놈이 기어 나왔다. 뚜껑을 열고 다시 집어넣기를 여러 번 반복하는 사이, 상자와 점점 더 멀어지는 산낙지들이 여기저기서 발견되었다. 통제가 불가능했다. 이놈들의 탈출을 통제하기 위해 무슨 수든 써야만 했다. 동생이 뜨거운 물을 낙지를 따라다니며 부어보자고 했다. 물이 끓는 동안 더 이상 뚜껑은 열지 않았고 여기저기 돌아다니는 놈들을 예의 주시했으며, 마침내 뜨거운 물을 부었다. 낙지들은 비로소 얌전해졌다. 통제 가능한 상태가 되어 다소곳한 자세를 취했다. 우리는 비상사태를 진정시켰다며 안도했고 낙지들을 홀가분하게 주워 다시 스티로폼 상자에 넣었다. 그러나 집에 돌아와 낙지의 시신들을 발견한 아버지의 입장에선 그것은 사태의 해결이 아니었다. 산낙지를 좋아하는 아버지의 저녁상에는 데친 낙지들이 접시 위에 올라갈 수밖에 없었고, 아버지는 실망이 서린 표정으로 식사를 했다. 우리는 우리가 치른 산 낙지와의 전쟁을 아버지에게 낱낱이 고했다. 꾸중을 듣지는 않았지만, 아버지의 표정에는 통제 불가능한 건 산낙지가 아니라 우리 딸들이 틀림없다는 메시지가 담겨 있었다.

국자에 설탕을 담아 연탄불에 녹인 다음 약간의 소다를 넣어 부풀려서 먹는 '뽑기'가 골목의 대세였던 시절, 너무 자주 뽑기 집에 쪼그려 앉게 되어 용돈을 낭비하고 있다는 반성을 하고서 집에서 손수 뽑기를 해 먹기로 결정했다. 가게에서 소다를 사다가 국자에 설탕을 넣어 뽑기를 실컷 만들어 먹은 다음, 뒷정리를 하기 위해 개수대에서 국자를 닦았다. 새카매진 국자는 회복이 불가능했다. 국자를 원 상태로 복원해놓으려고 수세미를 들고 티셔츠 앞섶이 흥건해질 때까지 박박 문질러보았지만 소용없었다. 국자를 망가뜨려 엄마에게 혼이 날 것 같기도 했지만, 용돈을 아끼려다 애꿎은 국자만 망쳐놓고 더 큰 낭비를 하게 된 것에 스스로를 한심해하고 있었다. 다행히 국자 하나는 생각보다 비싸지 않았다. 찌그러진 낡은 국자가 자식들의 간식 놀이에 희생되어 단숨에 새까맣게 변신한 덕분에 엄마는 새 국자를 장만했고, 새까매진 국자를 '뽑기 전용 국자'로 지정해주기까지 했다. 그 국자로 원 없이 뽑기를 만들어 먹었고 뽑기에 관해선 경지에 오르게 되었다.

생각이 짧았던 어린 시절의 많은 실수들은, 호기심은 왕성했으나 사고는 단순했고 현실은 예상을 빗나갔으나 대처 능력은 부재했기 때문에 빚어졌다. 단순했던 만큼, 간단하게 실수를 인정했고 명쾌하게 용서를 구했다. 벌을 받든 이해를 받든, 받을 것을 받았다. 후회를 하든, 반성을 하든, 할 것을 했다. 그랬기 때문에, 실수가 빚어낸 이야기 하나가 미담으로 서서히 변신할 수 있었다. 자꾸 매만져 보석처럼 윤이 나는 돌멩이처럼 반짝거리는 추억이 될 수 있었다.

쓴도쿠와 쓴도쿠의 반대말

책을 읽지 않고 쌓아두는 취미를 가진 사람을 두고 일본에서는 '쓴도쿠つんどく'라고 부른다지만, 다 읽은 책을 버리는 나 같은 사람은 뭐라고 불러야 할까. 어쩌면 '쓴도쿠'의 반대말에 해당하는 단어일 것이다. 읽고 안 읽고가 아니라, 쌓아두느냐 아니냐가 기준이라면 말이다.

잘 버린다고 해서 방에 책이 적지는 않다. 방문과 창문과 책상을 제외한 모든 벽면에 책이 두 겹으로 어지러이 쌓여 있다. 다 읽은 책을 버린다고 말했지만, 내 방에 남아 있는 이 책들이 읽지 않은 책인 것도 아니다. 다 읽었다지만 다 흡수했다고 생각하지 않은 책, 다 읽었다고 해도 다음번에 다시 읽었을 때 감회가 다를 책, 다 읽었다고는 하나 언젠가 한번 더 꼼꼼하게 읽고 싶을 것이 분명한 책…… 요약하자면, 다 읽었지만 다 읽었다고 확언할 수는 없는 책. 어쨌거나 모종의 여지가 남은 책들을 보관해둔다. 다 흡수했다고 과신한 책과 다음번에 다시 읽을 의향이 없다고 판단되는 책을 버린다. 버린 책을 버린 줄도 모르고 훗날 다시 찾기도

하고, 버렸나 보네 하다가 또 구입하기도 한다. 구입했는데 아직 소장 중이어서 두 권이 되어버린 것을 나중에야 발견하기도 한다.

구미역 앞에 있는 자그마한 서점에서 낭독회를 했다. 그 서점은 비슷한 색상별로 책을 꽂아두었다. 아주 작은 서점이어도 좋은 책이 많았다. 좋은 책이라기보다는 내가 좋아하는 책이 많았다고 표현하는 게 맞겠다. 내가 소장하고 있는 책과 많이 겹친다는 뜻도 된다. 서가를 샅샅이 훑다가 내가 소장하지 않은 책을 한 권 발견했다. 흰 책 코너에 꽂혀 있었다. 마치 물웅덩이의 표면처럼 일렁이듯 단어들이 흩뿌려져 있었다. 구미역 플랫폼에 앉아 무궁화호를 기다리며 몇 페이지를 읽었다. 무궁화호에 착석해서 환승을 하기 위해 대전역에 하차할 때까지 또 몇 페이지를 읽었다. 대전역에서 KTX를 타고 서울역까지 오면서, 그리고 서울역에서 집까지 오는 지하철 안에서 이 책에 코를 박고 계속해서 읽었다. 즐겨 보던 차창 밖은 한 번도 보지 않았다. 핸드폰도 확인하지 않았다.

　1972년, 수전 손택은 '죽어가는 여자들에 관하여'나 '여자의 죽음' 혹은 '여자는 어떻게 죽는가' 등의 제목을 염두에 둔 작업을 구상하고 있었다. '소재'라는 표제를 달아놓은 일기에는 버지니아 울프의 죽음, 마리 퀴리의 죽음, 잔다르크의 죽음, 로자 룩셈부르크의 죽음, 앨리스 제임스의 죽음 등 열한 사람의 죽음을 목록으로 정리해두었다. (…)손택이 유방암 치료 기간에 쓴 일기는 기록이 띄엄띄엄하고 분량도 적다는 점이 유독 눈에 띈다. 분량이 적다는 사실은 유방암으로 인해 치러야 했던 비용, 즉 장기간에 걸쳐인지 능력에 심각한 영향을 미칠 수 있는 항암 화학 요법 치료의 주된 결과인 사고력 상실을 예증해준다. 1976년 2월, 항암 화학 요법을 받고 있던 손택은 일기에 이렇게 적는다. "내게는 정신의 체련장이 필요하다." 바로 다음 일기는 그로부터 수개월 후인 1976년 6월의 기록이다. "편지를 쓸 수

있게 되면……" *

    유방암 판정을 받고 투병 중인 저자는 수전 손택의 일기
가 띄엄띄엄하고 분량이 적다는 것과 바로 다음 일기가 수
개월 후에야 적혀 있다는 사실을 주목하며 이 책을 열고 있
었다. 나는 그런 사실들을 주목할 수밖에 없었던 저자에게
마음이 갔다. 그녀가 같은 질병을 앓은 수전 손택을 자신의
글 속에 불러놓듯이, 수전 손택도 버지니아 울프와 마리 퀴
리와 잔 다르크와 로자 룩셈부르크와 앨리스 제임스 등을
불러온다. 이렇게 부르고 또 부르면서 모여 있게 된 이름들
을, 종잡을 수 없는 아득한 말석 어딘가에서 나도 혼자 불러
보았던 것 같다. 실질적으로 연루된 적은 없지만, 어떤 작
가에게 넘겨받은 바통 같은 게 내 손에 들려져 있는 심정이
들기도 한다. 이런 바통의 마음도 우정이라고 칭할 수 있다

<hr />

  * 앤 보이어, 『언다잉』, 양미래 옮김, 플레이타임, 2021, 10~11쪽.

면, 앤 보이어가 언급한 수전 손택에, 수전 손택이 언급한 작가들에게 우정을 얻었다고 말해도 되리라. 앤 보이어는 이 바통을 받는 심정을 "자매의 죽음이란 여자들이 다른 여자를 위해 자기 목숨을 던지는 죽음이 아니라, 서로 유리된 상태에서 나란히 맞이하는 죽음에 가깝다. 자매의 죽음은 여자들이 여자라는 이유로 치르는 죽음이다**"라고 적어두었다.

집으로 돌아와 책상에 앉았을 때, 나는 이 책의 나머지 부분은 아주 나중에 읽어야겠다며 책꽂이 한쪽의 '읽다 만 책' 코너에 꽂았다. 손에 들린 바통이 그때의 나에겐 좀 무거웠다. 이 책을 찾아 끝까지 읽게 될 날이 곧 오겠지만, 그때에 내가 지금보다는 조금 더 담대하고 기백 있는 상태이길 바랐다. 좀 더 담담하게 그녀와 다시 조우하게 되기를.

완독했지만, 다음에 읽었을 때 다른 담담함으로 더 짙게

** 같은 책, 16쪽.

와닿을 것이 분명한 책에 대해 말할 때에 시집을 제외할 수는 없다. 내가 소장한 책들 중 가장 종수가 많은 책은 당연하게도 시집이다. 다 읽고도 못 버리는 경우가 대부분이어서다.

우리말로 번역된 외국 시집은 무조건 사는 편이다. 신인의 첫 시집도 무조건 산다. 읽어보고 나와 맞지 않아 실망만 느낀 시집들이야말로 너무도 많다. 그래도 안 버리고 꽂아둔다. 시인들은 또 자신이 출간한 시집을 서로서로 선물한다. 이삿날 시루떡 한 장씩을 이웃에 돌리듯 그렇게 자축을 해오는 관례가 있다. 감사히 받아서 소중히 읽고 고이 간직한다. 전집으로 출간된 시집도 가리지 않고 모두 소장한다. 그 누구의 전집이든 사두고 본다. 여행을 갔을 때에도 시집을 몇 권쯤 사온다. 그래서 영어와 일본어는 물론이고, 독일어와 프랑스어, 태국어로 된 시집, 말레이시아어로 된 시집, 터키어로 된 시집, 몽골어로 된 시집까지 소장하고 있다. 읽을 수가 없어서 겨우 제목과 시인 이름만 알고 있다.

그리고 안 읽은 게 아니라 못다 읽은 시집이 내겐 한 권 있다. 아버지가 물려주신 시집이다. 뒤표지가 바스러져서 유실된 시집. 누렇다 못해 짙은 나무색을 띠고 있는 시집. 손을 대어 펼치면 금세 바스러질 게 분명한 오래된 시집. 엄마의 예명 한 글자와 아버지의 이름 한 글자씩을 따와서 만든 '은장문고' 도장이 표지를 열면 찍혀 있고, 56번이라는 넘버링이 연필로 되어 있다. 더 바스러져버릴까봐 제습제와 함께 종이에 싸서 보관만 하고 있다. 뒤표지가 유실되어 판권란이 사라졌기 때문에 정확한 출간 연도는 모르지만, 해방 직후 1940년대 말 즈음에 출간된 시집으로 추정된다.

아버지는 이 시집에 대해 호기심 어린 나의 여러 질문을 귀찮아하셨다. 기억나지 않는다고만 하셨다. 열아홉 살 즈음, 서가에서 고풍스러운 이 시집을 발견하고 기뻐하던 나에게 "그런 책이 왜 있지?" 하셨다. 나름대로 여기저기 물어보며 알아보았는데 이런 이름의 시인을 들은 적이 있다고 말하는 전공자는 아직 만나지 못했다.

바스러져가는 조각을 흘려가며 몇 페이지를 들춰본다. 누가 보아도 좋은 시라고 할 수는 없는 시편들이 이어져 있다. 그런데 불현듯 한 번도 해보지 못한 상상이 스쳐 지나간다. 이 시집이 혹시 아버지의 시집은 아닐까. 아버지가 이 필명으로 시집을 만든 것은 아닐까. 과한 상상인 줄 알지만, 그때 기억나지 않는다던 아버지의 표정은 어딘가 수상했다.

한결 같은 무능

아버지의 맨 처음 직업은 농업 교사였다. 저녁이면 야상 점퍼를 입고 다방에 나가 음악을 들었다. 그는 담배 피우는 법과 당구 치는 법을 배웠다기보다는 담배를 멋있게 피우는 법과 당구를 멋있게 치는 법을 배웠다. 멋있게 하는 법을 배우면 외롭지 않았다. 쉽게 누군가와 친해질 수 있었다. 어떤 사람은 다가와 인사를 건넸고 어떤 사람은 힐끗거렸다. 가장 무뚝뚝했던 사람에게 궁극의 구애를 펼쳐 그는 결혼을 했다.

두 살 터울의 두 딸은 머리를 맞대고 아버지의 사진을 들여다보는 걸 좋아했다. 담배를 느슨하게 걸친 그의 손가락을 좋아했다. 그런 딸들에게 아버지는 그림을 그려주었다. 정원과 뾰족 지붕을 그렸다. 딸들은 연못 속에 어룽거리는 잉어의 휘어진 몸체를 일필휘지로 그려내는 아버지의 손놀림을 좋아했지만, 그 풍경이 곧 우리 집이 될 거라는 호언장담은 좋아하지 않았다.

"아버지가 무능해서 싫어." 무능하다는 건 엄마의 견해였다. 그런 남편을 둔 것이 고달파서 어린 딸들을 앉혀놓고 엄마는 푸념했고 딸들은 엄마에게 해석된 아버지를 아버지라 믿었다. 책임감이 없는. 아버지답지 못한.

아버지의 두 번째 직업은 목장 주인이었다. 젖소를 키웠고 우량 젖소 대회에서 우승을 하기도 했다. 사파리룩을 차려입고 소 등을 쓰다듬는 아버지의 모습이 지방신문에 실렸다. 소풍 때나 운동회 때에는 전교생에게 우유를 나누어주려고 아버지가 트럭을 타고 나타났다.

목장 일을 그만두고 아버지는 서울에 입성했다. 제과제빵을 전문으로 하는 대기업에 상무이사로 입사했다. 자식들은 아버지가 챙겨 오던 신제품의 빵을 시식하며 성장기를 보냈다. 빵과 과자와 수입 식료품 들이 부엌방에 가득해졌다. 먹어도 먹어도 줄어들지 않는 캠벨 수프와 초콜릿과 빵과 과자 들. 그것들이 아빠의 월급을 대신해서 지급되었다는 사실을 자식들은 알지 못했다. 아버지는 정리해고를 당했고 다시 목장을 경영하기 위해 땅을 보러 다녔다. 양어

장을 만들어 장어를 키웠다. 수온이 16도를 유지하지 않으면 밥도 먹지 않는다는 예민한 물고기였다. 엄마는 장어 요리법을 연구했고 가족들에게 저녁마다 구워 먹였다. 장어의 배를 단숨에 가르는 기구를 발명했고 양념을 개발했다. 장어는 날로 맛있어졌지만 매일 먹기에 편안한 음식은 결코 아니었다.

아버지의 다음 관심사는 태양열이었다. 솔라 테크의 미래에 대하여 희망찬 설명이 담긴 브로슈어를 자식들 책가방에 넣어주며 담임에게 보여주라고 했다. 담임에게 태양열 패널 설치를 권유할 재간이 자식들에겐 없었지만, 연탄을 갈기 위해 간밤에 자다 깰 일은 없을 거란 설명이 머릿속에서 떠나질 않아 브로슈어의 문장을 오래 들여다보았다. 아버지는 태양열 패널을 몇 번 팔아보지도 못한 채 사업을 접었고, 이내 미국산 피자를 수입하는 일을 시작했다. 우리나라도 밥 먹듯이 피자를 먹을 날이 올 거라며 TV 광고부터 시작했다. 자식들은 영화 속에서만 보았던 피자를 시식했고, 피자치즈와 도우와 토핑 재료들이 가득한 냉장고를 뿌듯해했다. 피자 사업은 체인점을 모집하는 일부터 삐걱댔고 가족들이 먹어야 할 피자는 늘어만 갔다. 아버지는 여러 번의 이력서를 썼고, 이력서를 정성 들여 쓰는 기간에는 가족들과 아무 말도 섞지 않았다. 글을 쓰겠다고 타자기를 장만한 큰딸에게 자신의 이력서를 대신 타이핑해달라고 부탁했던 어느 날, 다섯 페이지가 넘는 화려한 이력을 모두 타이핑한 후에 딸이 건넨 매정한 한마디에, 그는 밥을 먹다 말고 밥그릇을 집어 던졌다. 깨어진 밥그릇과 흩어져 날아간 밥알들은 남은 가족의 미래를 신랄하게 보여준 예언과도 같았다.

가족에게 말을 건넬 때에도 시선을 딴 곳에 두었던 그가 그렇게까지 격정적인 감정을 보여준 일은 한 번 더 있었다. 장남이 위암으로 투병하다 죽었을 때였다. 장례식 동안 그는 한결같이 담담했다. 울부짖는 친척들과 아들 친구들을 위로했다. 그러나 화장을 치르고 유골함을 안고 화장터를 나올 때, 상주가 된 큰딸에게 달려들어 유골함을 빼앗아 안고 큰 소리를 내어 울었다.

아버지가 선택했던 마지막 직업은 '다우저Dowser'였다. 수맥을 찾아내는 수작업을 하기 위해 '엘로드'라든가 '펜듈럼' 같은 작은 도구를 들고 시범을 보이면서, 풍수와 웰빙에 대해 강조했다. 그 도구를 손에 든 이후엔 집을 자주 떠났고 철학자에 가까워져갔다.

아버지에겐 두 개의 타이핀이 있다. 외출을 할 때면 천천히 넥타이를 맨 후에 타이핀을 꽂는다. 하나는 출신 고등학교의, 하나는 출신 대학교의 심벌이 새겨져 있다. 자신의 가장 빛나던 시절을 말해줄 단 두 개의 액세서리를 가슴에 꽂기 위해 그는 동창 모임에 나갔다. 다녀와서는 '모두가 나쁜 사람이 되었다'는 말과 '누가 불쌍한 건지 알 수가 없다'는 말을 가족들에게 했고, 두 개의 타이핀을 다시 장롱 속에 소중히 보관했다.

아버지는 자식들의 우상이었던 적이 없었다. 능력도 제

로였지만 권위나 억압도 제로였기 때문에 아버지는 가족의 평등한 일원에 가까웠다. 하지만, 오래 기억하고 이야기 나눌 이미지 몇 가지를 확실하게 선물해주기는 하셨다. 이를테면 전나무 같은 것. 12월이 시작되면 잘생긴 전나무를 가져와 마루 한쪽에 세워두고 자식들에게 크리스마스 장식물을 매달게 했다. 반짝이는 크리스마스 전구에 휩싸인 전나무의 모습은 아버지의 모습이기도 했다. 플라스틱이 아닌, 진짜 전나무. 크리스마스 시즌에만 잠시 빛나던.

"도미노게임처럼 소중한 걸 너무 가까이 두지 마라. 하나가 무너져도 연쇄적으로 무너지진 않도록 조금 멀리 두어야 한다. 사람도 마찬가지다." 아버지가 해준 말 중에 큰딸이 기억하고 있는 유일한 말이다. 못 하나를 박아도 허술하게 박아서 무언가를 매달면 얼마 가지 않아 떨어지고 부서지게 했던 그였으므로, 현자 같은 그 말은 딸에겐 유머에 가까웠다. 그는 스스로 박았던 못처럼 헐겁게 팔십여 년을 살았지만, 몸을 씻거나 옷을 챙겨 입는 일에는 한결같이 야

무졌다. 머리를 곱게 빗지 않고는 가족 누구와도 집 안에서 마주치지 않았다. 현관에 구두도 항상 가지런히 벗어두었다. 그게 다였지만 그게 전부였던 그는 딸에게 자주 선물을 건네주었다. 오늘도 지하철을 타고 온양 온천에 다녀왔다고. 어떤 예쁜 풍경을 보았다고. 구두에 광을 내주는 발명품을 지하철에서 샀다고. 선물이라고.

모든 이의 시점

"모든 이의 시점에 똑같은 비중을 두는 걸 어떻게 생각하세요?"*

나는 '엄마'가 주인공인 서사에 갈증이 많았다. '엄마'가 등장하는 수많은 서사를 접해오면서도 갈증은 좀처럼 해소되지 못했다. 특히 시 속에서 '엄마들'은 어딘지 모르게 왜곡되어 있었다. 실재할 법한 엄마의 모습이라기보다는 실재한다고 오랜 세월 믿어왔던 엄마의 재현인 경우가 많았다. 누군가의 엄마는 작품 속에 덩그마니 아름답게 남아서 실재하는 엄마를 소외시키고 있다고 여겼다. 그런 엄마를 작품 속에서 접하고 나면, 엄마라는 그 인물의 고독이 나에게로 밀려오는 듯해 씁쓸해졌다. 그 누구에게도 있는 그대로 이해받지 못한다는 점 때문에, 엄마라는 존재는 우선 서러운 느낌이 드는 것만 같았다. 전형성에서 탈피된 엄마의

* 사라 폴리의 다큐멘터리, 〈우리가 들려줄 이야기〉, 2013.

모습을 담아낸 서사에서마저도 또 다른 전형 같은 엄마를 만난다는 아쉬움을 늘 남겼다.

유부녀가 외도를 했고 임신을 했다. 아이를 낳았다. 아이의 아버지가 따로 있다는 걸 가족들은 모른다. 아이가 어른이 된 후에 친부를 찾게 되었고 가족 모두가 뒤늦게 이 사실을 알고 충격을 받았다. 이 영화의 줄거리를 이런 식으로 전달한다면, 이 영화에 대하여 거짓말을 하는 셈이다. 틀린 말을 하지는 않았지만 거짓말에 가깝다. 거짓말은 누가 대단히 무엇을 은폐하거나 과장하거나 왜곡하거나 지어내어 탄생하지는 않으니까. 거짓말도 참말만큼이나 사실을 근거로 하며 정확하고 신념에 가득 차 있지 않은가.

'이야기'는 바로 이런 식으로 발생하는 우리 삶의 숱한 거짓말들을 진실로 되바꿔놓기 위하여 존재한다. 갖은 통념에 짓눌린 거짓말들을 구원하는 것이다. 소설을 쓰거나 영화를 만드는 자들은 거짓말에 가까워지는 이야기들을 보듬어 안아 되살려놓으려는 욕망을 가졌다. 이야기에 깃든 여러 겹의 진실을 최대한 놓치지 않고 건사하려 애를 쓴다.

〈우리가 들려줄 이야기〉에서 사라 폴리는 다른 남자를 사랑했던 엄마의 이야기를, 여러 사람들의 증언으로 공평하게 분배한다. 증언자들은 엄마를 비난하지 않는다. 이해하려 하고 가슴 아파한다. 엄마의 삶을 균형 있게 바라보려 애를 쓴다. 하지만, 모두의 입에서 표현되는 엄마에 대한 이야기들은 일치되지 못한다. 일치될 리 없다. 사라의 아버지와 사라의 친부, 이 두 남자는 이 이야기의 진실을 가장 잘 말할 수 있는 사람이라고 스스로 확신하지만, 어쩌면 기억이 너무 크게 흔들려버려 가장 큰 혼란을 겪은 인물이기도 하다. 다시 태어난 사람처럼 기억을 재구성할 수밖에 없다. 그 과정에서 기억은 찢기고 너덜너덜해진다. 이 다큐멘터리를 연출하고 편집한 감독이자 딸인 사라 폴리는 이 다큐멘터리 안에서 가장 적게 말하고 가장 적게 등장한다. 단지, 이 영화를 편집하는 행위로 자신의 견해를 드러내어 자신의 엄마에 근접해간다.

　이 이야기는 어쩌면 덮어두어야 했을 이야기일지도 모른다. 그런데 엄마의 애인이었던 남자(이자 자신의 친부)가 자신의 시선으로 이 이야기를 출간하고 싶어 했고, 사라는 반대했다. 그의 시선 속에서 엄마의 로맨스(외도)는 빛날 수 있었다. 하지만 그 사람과 무관하게 수십 년을 살아온, 사라의 가족은 배제될 수밖에 없었다. 특히 사라를 키워준, 사라가 아빠라고 믿어왔던 한 남자는 그 이야기 속에서 제 모습을 갖출 리 만무하다. 그리하여, 엄마에 대한 기억을 세상에 내놓는 것이 사라에게 맡겨진다. 엄마의 남편(이자 자신을 키워준 아빠)이 쓴 글을 내레이션으로 입혀서, 모든 이의 시점에 똑같은 비중을 두면서.

　불일치하는 이야기가 모여서 기묘한 허구가 완성되어갔다. 진실을 제공할 유일한 당사자인 엄마는 이미 죽고 없는 상태이며, 비밀을 나눈 이들의 고백으로 한 사람의 비밀이 채워져갔다. 엄마의 이야기가 완성되어갈 무렵, 엄마는 엄마라기보다 단지 한 명의 사람이 되어갔다. 그래서 엄마라는 개념과는 분리되어갔고 사라와도 멀어져갔다. 마치 새장을 벗어나서 창공으로 날아오르는 한 마리 새처럼, 멀리 멀리.

이 다큐멘터리는 한 여자를 그 어떤 시선에도 가두지 않는 이야기다. 가장 비난받을 수도 있는 한 여자를 아무 틀로도 요약하지 않는다. 엄마의 이야기를 가두지 않으려는 사라의 욕망에는, 딸로서 엄마를 용서하고 싶은 욕망이 포함돼 있을 수도 있겠지만, 용서라는 쉽다면 쉬울 한마디 말에 이 영화는 기대지 않는다. 엄마를 향한 뜨거운 애정에 기웃대지 않는다. 엄마의 삶을 쉽게 요약하지 않으려는 사라의 차분함만이 이 영화를 이끈다. 증언들의 불일치는 사라에겐 진실의 소실이 아니라 있는 그대로의 사랑이었던 것 같다. 이야기의 불일치는 어긋난 이야기가 아니라, 사랑을 가장 제대로 보게 하는 유일한 방식일 수 있다. 우리 삶의 원래 모습과 가장 가깝기 때문이다.

이 영화를 보고 나서 생각해보았다. 만약 내 엄마의 이야기를 기록해보고 싶다면? 내 기억만으로는 당연히 다 담을 수 없을 것이다. 가장 가까운 사람이 그 사람을 가장 모를 수 있으니까. 엄마를 인터뷰하는 것만으로도 당연히 부족할 것이다. 한 사람의 생을 가장 왜곡해서 기억하는 사람은 자기 자신일 테니까. 그렇지만 내 엄마의 남편은 이승에 이미 없고, 엄마의 형제들도 이승에 더는 없다. 내가 태어나기 이전부터 엄마를 알던 사람들이 누구였는지 세어보려니 낙담이 찾아왔다. 이미 기회를 잃은 것을 알겠다. 엄마의 한쪽 면만을 아는 사람으로 나는 영영 살아갈 것이고, 엄마의 모든 것을 내내 궁금해하며 살아갈 것이다. 가장 가까운 사람을 이토록 모를 수 있을까 후회를 할 것이 분명하다.

사라 폴리는 엄마를 재구성하는 다큐멘터리를 만드는 과정이 쓰나미 같았다고 고백했지만, 너무 늦지 않은 어떤 때에 한 사람을 이해하려는 일을 행할 수 있었다는 점

에서 나는 그녀가 부러웠다. 엄마를 엄마라는 틀에서 벗
어날 수 있게 한 이해였기 때문에 더더욱 부러웠다.

덧없는 환희[*]

1.

민음사 세계시인선과 청하의 세계문제시인선집으로 외국 시인들의 시 세계에 첫발을 들여놓았다. 보들레르의 『악의 꽃』, 로트레아몽의 『말도로르의 노래』, 랭보의 『지옥에서 보낸 한철』, 발레리의 『해변의 묘지』, 아폴리네르의 『미라보 다리』……로부터 출발해서 릴케, 예이츠, 휘트먼, 엘리엇으로 이어지던 세계시인선을 맛보던 시기에는, 내가 쓰고 싶은 시에 대해 어렴풋한 짐작을 할 수 있어 좋았다. 테드 휴스의 『물방울에게 길을 묻다』, 파울 첼란의 『죽음의 푸가』, 자크 프레베르의 『붉은 말』, 실비아 플라스의

[*] "에클레시아스테스, 나는 당신을 만나면 이렇게 묻고 싶습니다. 당신이 지금 태양 아래 새롭게 쓰고 싶어 하는 것은 과연 무엇인가요? 아직 생각을 정리하고 있나요? 혹시 그 생각들 가운데 일부를 부정하고 싶은 유혹을 느낀 적은 없나요? 당신이 과거에 쓴 서사시에서 환희를 느낀 적은요? 그 일시적이고 덧없는 감정은 과연 무엇일까요? 어쩌면 태양 아래 새로운 당신의 시는 바로 그 환희에 관한 것은 아닌지요?" ─쉼보르스카의 노벨문학상 수상 소감 연설문 「시인과 세계」의 일부, 『끝과 시작』, 최성은 옮김, 문학과지성사, 2007, 453~454쪽.

『거상』, 엔첸스베르거의 『늑대들의 변명』, 잉에보르크 바흐만의 『소금과 빵』, 프랑시스 퐁주의 『사물에 대한 고정관념』……. 세계문제시인선집을 섭렵하면서부터 시가 정형화될 수 없는 장르라는 것을 보다 분명하게 이해하게 되었다. 그래서 시를 더 좋아할 수 있게 되었다. 왕성한 식욕으로, 어쩌면 어마어마한 식탐으로 외국 시인들의 시 세계를 요처럼 펼쳐놓고 이질의 문체를 이불처럼 덮고서 호사가와도 같이 꽤 긴 시간을 지내왔다.

몇 년에 한두 번씩, 식탐의 시기에 만났던 시인들과는 작별 비슷한 것을 하게 되었다. 어느 시인은 시들해져서, 어느 시인은 차마 제대로 소화하지 못해서, 어느 시인과는 졸업하는 마음으로 작별을 고했다. 첫 만남은 그다지 인상적이지 않았지만 나중에서야 깊이 빠져들어 재회하듯 좋아하게 된 시인도 더러 있었다. 라이너 마리아 릴케와 프랑시스 잠이 특히 내게는 기쁘게 재회한 시인에 속한다. 이들은 재회 이후에도 언제고 손이 잘 닿는 곳에 놓아두고 자주 펼쳐 읽는다. 어떤 점이 특별해서 재회를 하게 되었는지를 설명할 수는 없을 것 같다. 시라는 건 어떻게 설명할지라도 설명될 수 없음만을 설명하게 되는 특징이 있으니까.

어쨌든, 맨 처음 만났던 숱한 외국 시인의 이름과 한국어로 번역된 시집 제목을 몇 가지나마 나열해본 데에는 나름의 이유가 있다. 우리나라에 줄기차게 소개된 외국 시인들이 거의 특정 언어권에 한정돼 있었다는 것을 명백하게 해두고 싶어서다. 그 와중에, 실천문학사에서 나온 두 권의 시집과 만나는 사건이 나에게 발생했다. 한 권은 압델 와하브 엘 메시리가 엮은 『팔레스타인 민족시집』(마흐무드 다르웨쉬, 사마 알-카셈, 타으희 자야드, 라쉬드 후세인, 살렘 주브란, 파드와 투칸, 자브라 이브라힘 자브라, 무엔 베시소우, 압델-카림 알-사바위)이었다. 거기서 마흐무드 다르웨쉬의 시를 읽었다. 또 한 권은 체슬라브 밀로즈가 엮은 『폴란드 민족 시집』(레오폴드 스태프, 안토니 스로님스키, 카지미에즈 비르진스키, 알렉산더 바트, 율리안 프르지보스, 미치슬라프 야스트룬, 아

담 바지크, 체슬라브 밀로즈, 타데우츠 로제비츠, 티모테우츠 카포비츠, 미론 비알로쩨프스키, 즈비그니에프 허버트, 타데우츠 노바크, 보그단 차이코프스키, 스타니슬라브 그로초비아크)이었다. 이 두 시집에 수록된 시인들의 이름을 괄호 속에 굳이 나열해보는 것은, 그 이름들을 아직도 정확하게 외우고 있지는 못해서다. 누렇게 바랜 활판본 시집을 서가에서 다시 꺼내어 차례 면을 펼쳐놓고 지금 받아 적었다. 이 두 권의 시집에는 당국의 검열로 일부분이 삭제된 채 수록된 시편도 있었다. 전쟁과 군사통치와 살육으로 요약할 만한 역사적 사건들이 각주에 자주 적혀 있었다. 시인들은 추방됐거나 망명했거나 감옥에 갔거나 난민이었다. 1980년대에 한국에서 한국어로 시를 처음 쓰게 된 나로서는 이 시인들과 짙은 친연성을 느꼈고 더 많이 알고 싶어 했다. 비로소 비슷한 상처를 통해서 비슷한 입장을 가진 외국 시인을 만났던 것이다.

폴란드 시인 비스와바 쉼보르스카가 노벨문학상을 수상

했다는 소식이 날아들던 1996년에 나는 '소심 차게' 첫 시집을 준비하고 있었다. 으레 노벨문학상 수상 작가들이 그렇듯이 쉼보르스카의 시집도 한국어로 번역되어 출간되었다. 하지만 그때는 나와 인연이 닿지 못했다. 2007년에 쉼보르스카의 시선집이 『끝과 시작』이라는 제목으로 다시 번역되어 출간되었다. 출간 소식을 듣자마자 손에 넣었다. 그리고 히말라야 트레킹을 떠나며 배낭 속에 이 시집을 넣었다.

2.

몸이 무거워질까봐 물 마시는 것도 꺼려 했던 히말라야에서, 나는 매일 밤 뭐 하나라도 더 버리고 가려고 배낭 속을 뒤졌다. 무쓸모의 1순위로는 마땅히 시집이었다. 밤은 짐작보다 길고 산속에서는 정말로 할 일이 없으니 책 읽을 시간이 많을 것이라는 누군가의 충고와는 정반대로, 하루종일 트레킹을 하고 지친 채로 매일 일찍 잠이 들었다. 일기를 쓸 시간도 없었다. 『끝과 시작』을 반도 못 읽은 채로 내가 묵었던 로지의 휴게 공간 서가에 기증을 하고 돌아섰다. 아마도 그때 쉼보르스카의 시에서 매혹을 깊게 느꼈더라면, 한 권 책으로 인해 배낭이 더 무거워진다 할지라도 버리고 돌아설 생각은 하지 못했을 것이다. 그때는 그랬다.

두세 계절이 지나고서야 다시 쉼보르스카의 『끝과 시작』과 재회했다. 시인 친구들과 둘러앉아 우리들의 손끝에서 태어나는 시에 대하여 고민을 나누었다. 우리들의 손끝에서 태어난 유려하기만 한 시에 대하여. 우리들의 손끝에서 태어난 허약한 시에 대하여. 고민을 나눌 수밖에 없었던 구체적인 사건들이 곳곳에서 거의 매일 일어났다. 그즈음에 다시 만난 쉼보르스카는 마치 '내 진작에 그럴 줄 알았지' 하는 느낌으로 다가왔다. 그의 시는 강직했다. 그의 언어는 문학의 미학을 추구하기보다는 인간다움의 아름다움을 보여주는 데에 집중하고 있었다. 나는 그때 쉼보르스카 특유의 투박한 듯한 문장들을 '비미非美의 미'로 받아들이며 그의 세계에 진입했다. 여태껏 내 손끝으로 써온 시들과

여태껏 내 두 눈으로 읽어온 많은 시들이 추구한 문학주의
가 아름다움의 도가 넘쳐 기름진 음식처럼 여겨지기 시작
했다.

쉼보르스카가 한밤중 시를 쓰는 동안에 불나비가 머리
위에서 끈질기게 윙윙댔을 장면*을 그려본다. 비상과 착
륙을 되풀이하며 날개를 파닥거리는 불나비는 도대체 왜
그러고 있어야 했을까. 단지 주광성 생물이라는 이유만으
로? 식상하다면 식상할 날벌레의 이야기를 쉼보르스카가
시에 적는 이유는 무엇일까.

쉼보르스카는 식상한 소재와 그렇지 않은 소재를 구분하
지 않았다. 그런 걸 구분하는 건 애송이들이나 하는 짓이라
고 풋, 하고 웃어버린 듯한 느낌이 시 속에 배어 있다. 쉼보
르스카는 시를 무겁게 대하지 않는다. 그보다는 인간을 둘

---

* 비스와바 쉼보르스카, 「공개」, 『끝과 시작』, 최성은 옮김, 문학과지성사,
2007, 36~37쪽.

러싼 삶의 조건을 훨씬 더 무겁게 대한다. 시에다 적는 문장은 자연스럽고 평이하다. 평이하다는 것은 평범하다는 것과 결을 조금 달리한다. 평이한 문장을 구사하기 위해서는 예민하고 복잡한 층위를 구사하는 것보다 더 많은 노력을 꾀해야 한다. 그녀는 자신의 시를 읽는 사람이 자신의 문장에 홀리는 일을 경계하려는 듯, 최대한의 수수함으로 최대치의 진실을 담아 시를 적는다. 매력적인 문체와 매력적인 세계를 선보이기 위해서가 아니라 절박한 질문 앞에 스스로가 서 있기 때문이다. 치장 없는 시의 진가를, 폴란드에서 뒤늦게 도착한 쉼보르스카에게서 느낄 수 있었다.

3.

폴란드 사람이 아니라면 쓰지 못했을 시를 쉼보르스카는 쓰게 되었다고 생각한다. 그래서 폴란드 사람이 아닌 사람에게도 널리 가닿을 수 있는 시가 가능했다고. 한국 사람이 아니라면 쓰지 못했을 시에 대해 생각하는 시인은 더러 목격해본 적이 있는 것 같다. 그런 시인을 만났어도 나는 절반 정도만 긍정할 수 있었던 것 같다. 민족성에 대한 모종의 도식이 배어 나와 온전히 찬성을 표할 수가 없었던 적이 대부분이었다. 아니라고 우기고 싶지만, 우리의 현대문학은 절반 정도는 서구의 영향력 아래에서 창작되었다. 이론적 토대와 창작자의 태도를 모국어를 기반으로 발명한 적이 드물다. 발명한 작가가 있었더라도 알아볼 눈이 없었을 수도 있다. 시는 특히 그랬다.

한국의 시인들이 아무리 다양하게 자신들의 영토를 개척해왔다고 신뢰받을지라도, 어딘지 모르게 비어 있는 대지가 있었다고 나는 늘 생각했다. 그 대지를 지나간 시인은 있었겠지만, 그 대지에 뿌리를 내리고 살아간 시인은 없다고 표현해도 좋을, 어떤 영역. 그 영역의 주인을 단 한 명 꼽자면, 나는 한국 국적의 시인이 아니라 폴란드 국적의 비스와바 쉼보르스카를 꼽겠다. 나는 쉼보르스카가 폴란드에서 날아와 그 대지 위에 안착했다고 느꼈다. 마치, 솜털

과도 같은 꽃씨가 홀연히 도착하듯이.

쉼보르스카는 누구에게 말을 거는 듯한 시를 쓴다. 그러니까 쉼보르스카는 쓰기를 말하기와 겹쳐서 행한다. 시를 대화를 위한 입술처럼 사용하는 듯하다. 말을 건네고 싶어하는 누군가가 쉼보르스카에겐 있다고 느끼게 한다. 말을 건네고 싶다는 마음에 미리 전제된, 너의 생각을 듣고 싶다는 간절함은 쉼보르스카의 시를 성의 있게 다 읽고 나면 전해지기 마련이다. 그 어떤 비극을 바라보고 발화해도 쉼보르스카의 시가 어딘지 모르게 다정해지는 이유이다.

누군가가 나에게 이런 질감의 말을 걸어와주기를 고대하며 사는 것은 나뿐만은 아닐 것이다. 이런 질감의 대화를 나누지 않는 한, 숱하게 사람을 만나고 숱하게 대화를 해도 외로움은 더해지기만 한다는 것은 나만이 느끼는 허기는 아닐 것이다. 그래서 더더욱 나는 쉼보르스카와 대화를 하고 싶어 시집을 펼친다. 그녀는 내게 말을 건넨다.

"나에게 너의 시를 보여다오*"라고. 나는 쉼보르스카에게 답시를 쓰듯이 시를 쓰고는 한다. 내가 시를 쓰면서도, 어떨 때는 기계처럼 죽어라 시만을 쓰면서도, 미로에 빠져들듯이 길을 잃으면서도 아무렇지도 않아 할 수 있게 된다.

쉼보르스카는 모두에게 말을 건다. 그러면서도 단 한 명에게 말을 거는 듯한, 정확한 초점이 있다. 어째서 그게 가능한지는 시를 쓰고 살아간 한 사람의 생애를 상상할 때에만 알 수 있다.

쉼보르스카가 모두에게 말을 걸 때에는 누군가가 제외되는 일이 없다. 시를 읽지 않을 사람도. 시에 관심 없는 사람도. 시를 폄하하는 사람마저도. 쉼보르스카는 시 속에 담는다. 모두를 위한 시를 쓰기 때문에 쉼보르스카는 거기에 있으면서도 동시에 여기에 나타나는 느낌을 준다. 내가 쉼보르스카를 좋아하는 가장 중요한 이유이기도 하다.

* 같은 책, 「고고학」 부분, 275쪽.

쉼보르스카는 사소한 것들을 동원한다. 작은 공이 굴러와서 코를 킁킁대며 다가가는 강아지처럼 자연스럽게 이끌리다가, 문득 주위를 둘러보면, 이상한 놀라움 앞에 놓인다. 내가 어디에 서 있는지는 그다지 중요하지 않다. 어디에나 있게 된다. 가장 구체적인 지점으로 이끄는 동시에 그 어디도 아닌 지점으로 이끈다는 점에서, 쉼보르스카는 토포스에서 출발한 아토포스로, 유한에서 출발한 무한으로 나를 데려간다.

이것은 사소한 일상을 섬세하게 돌보려는 장치일 수도 있고, 사소함의 위대함을 알아채게 하는 장치일 수도 있겠지만 그렇게만 여겨지지는 않는다. 쉼보르스카의 사전에는 어쩌면 '사소함'이라는 말 자체가 부재할지도 모른다. 아무것도 사소하지 않다는 전제 속에서 구체적인 시어가 발생되기 때문이다. 사소함과 사소하지 않음, 소중함과 소중하지 않음, 쓸모없음과 쓸모없지 않음, 아름다움과 아름답지 않음, 이런 구분을 하지 않고 있다는 것이 그의 특별함이다.

그래서 쉼보르스카의 시를 읽으면 우리가 인간이라는 점을 다행으로 받아들이게 된다. 시를 읽는 것만으로도 인간됨을 회복하는 순간을 겪는다. 이런 태도를 누군가는 어린아이와도 같은 천진성으로 해석할 수도 있겠고, 누군가는 성숙하게 연마한 지혜로 해석할 수도 있겠지만, 나는 시인이 세상을 바라보는 고결함에서 비롯되었다고 생각한다. 여느 시인들이 자주 어리석은 솜씨 자랑에 빠지듯, 고결함에 대하여 이야기하거나, 고결한 문체를 구사하는 일을 쉼보르스카는 전혀 한 적이 없다.

태도와 시선. 그리고 자기 자신의 삶. 쉼보르스카가 시를 위해 우선 노력한 것은 이것들일 거라고 나는 믿고 있다. 그리고 자신의 입 바깥으로 흘러나오는 자신의 말투와 거의 닮았을 법한, 가장 자연스러운 문장으로 쉼보르스카는 시를 적어나갔을 것이다. 시를 쓰는 과정에서 그가 염두에 둔 것은 아마 이런 것이었을 것이다. 무관심하게 지나친 것은 없는지. 놓친 것은 없는지.

쉼보르스카는 죽음에 대해서 쓸 때조차도 삶에 대해서 썼고, 부재에 대해서 쓸 때조차도 부재가 어떤 식으로 존재하고 있는지에 대해서 썼다. 그는 언제고 사람의 편에 서서 썼다. 사람에 대하여 썼다. 그 이상을 쓰려고 하지 않았다. 그 너머에 대해서도 상상하려 하지 않았다. 그에겐 그럴 이유가 없었다고 해도 좋다. 삶에 대한 세부 항목들 때문에 언제고 하고 싶은 이야기가 있었을 뿐이었다고 해도 좋다. 노여움에 가득 차 있어도, 경고를 보내고 있어도, 단호하게 우리의 삶을 직시하게 할 때에도, 그의 시가 다정하고 따뜻하고 희망적이고 아름다운 이유일 것이다.

시의 언어가 일상 언어와 따로 있다고, 경험의 언어가 선험의 언어와 따로 있다고, 그는 주장하지 않는다. 그런 것들을 주장하지 않음으로써 그는 시인의 위대함이 아니라 사람의 위대함을 완성해갔다. 위대함도 완성도 추구한 적이 없기 때문에 가능한 완성이었을 것이다.

가장 좋은 경우는

나의 시야, 네가 꼼꼼히 읽히고,

논평되고, 기억되는 것이란다.

그다음으로 좋은 경우는

그냥 읽히는 것이지.

세 번째 가능성은

이제 막 완성되었는데

잠시 후 쓰레기통에 버려지는 것.

네가 활용될 수 있는 네 번째 가능성이 하나 더 남았으니

미처 쓰이지 않은 채 자취를 감추는 것,

흡족한 어조로 네 자신을 향해 뭐라고 옹얼대면서*

쉼보르스카가 자신의 시의 가능성을 위와 같이 네 가지로 적어두었지만, 나는 시의 다섯 번째의 가능성에 대해서 적어두고 싶다. 시인의 시를 읽고서, 다행한 마음으로 자신의 가슴을 쓸어내리며 자신이 밤새 적어둔 시작 노트 위에 그 시집을 포개어놓는 시인이 생긴다는 것. 하필 그는 누군가가 한 번도 가본 적 없는 나라에서, 날마다 근근이 시를 쓰고 있을 수도 있다는 것. 시인의 덧없는 환희가 이런 식으로 이 멀리까지 도착할 수 있다는 것.

* 비스와바 쉼보르스카, 「나의 시에게」, 『충분하다』, 최성은 옮김, 문학과지성사, 2016. 90쪽.

4

막연漠然함에 대하여

열다섯 살에 엄마에게 시집 한 권을 선물받았다. 내 생애 첫 시집이었다. 서울여고 앞 버스 정류장에서 집에 가려고 버스를 기다리던 참이었다. 옆에 서 있던 엄마가 "책 사줄까?" 하고 먼저 말을 건넸다. 경주에서 서울로 전학을 와서 처음 엄마와 함께 외출했던 날이었다. 서울여고에서 웅변대회 예선이 있던 날이었다. 나는 경주 사투리를 유창하게 쓰며 용감하게 목청을 높였고 예선에서 탈락했다. 무대에 오르기 전에 내 차례를 기다리며 이미 그렇게 될 줄 알고 있었다. 엄마도 마찬가지였다. 아무 기대도 없었다고 해서 아무런 상심도 없었을 리는 없었다. 엄마는 내내 침묵하며 서 있던 나를 많이 안쓰러워했다. 그때 나는 버스 정류장 앞 자그마한 서점으로 들어갔다.

종로서적에서 출간한 『한국의 명시』라는 책을 서점 주인은 내게 권했다. 한국 시들을 빼곡하게 수록한 선집이었다. 판형도 컸고 두께도 꽤 되었다. 근현대 시인들의 대표작들이 망라되어 있었다. 약간의 해설도 덧붙여져 있었다.

열일곱 살에 호주머니 속 용돈으로 정현종의 『고통의 축제』를 사게 되기 전까지는 내 소유의 유일무이한 시집이었다. 연대별로 수록된 그 시집 속에서 내가 처음 끌렸던 시인은 윤동주였다. 가장 나중에 발견했고 오래 끌렸던 시인은 김종삼이었다. 두 시인의 시편들은 아이가 쓴 시 같았다. 아이는 쓸 수 없는 시 같기도 했다. 청소년이었던 나에게는 그렇게 읽혔다. 김수영이나 이상이나 김소월은 서로 다른 개성이 있었지만 누군가에게 읽히기 위한 시 같았다면, 윤동주나 김종삼은 그저 돌아앉아 조용히 적어둔 문장들 같았다. '웅변선수'의 삶을 버리고 본격적인 내향형 인간이 되어가던 그 시절의 나에겐 최적이었다. 일요일 아침이면 방바닥에 배를 깔고 누워 시집을 읽고 또 읽었다. 이해되진 않았지만 전달되었다. 페이지를 넘길 때마다 매번 다른 시가 눈에 들어왔다. 영영 눈에 들어오지 않은 시도 물론 있었다. 나의 환심을 사지 못한 시를 쓴 시인들의 이름을 아직도 선명하게 기억할 수 있다. 오히려 눈에 들어오지 못한 시들을 한번 더 읽어보려 애를 썼기 때문이었다. 막연했다. 막연했지만, 이상하게도 눈길이 오래 머물렀다.

내가 쓴 시들이 실린, 내 이름이 적힌, 나의 첫 시집이 서른 살에 출간되었다. 지난 세기의 일이다. 여러 출판사로부터 시집 출간 제안을 받았지만, 내게는 시집을 출간할 각오 같은 게 없었다. 시집 원고를 넘긴다기보다 발표한 지면들이 실린 문예지들을 싸 들고 출판사 주간을 만났다. 그 자리에서 시 쓰는 이야기를 나누었는데, 대화의 내용은 기억나지 않지만 시집 원고 정리를 거뜬히 할 수 있게 용기를 얻었다는 것만은 생생하게 기억이 난다. 8인치 플로피디스크에 원고를 담아 출판사에 갖고 갔다. 원고를 넘긴 것은 여름이 끝날 무렵이었고, 시집이 출간된 것은 겨울이 한참일 때였다. 홍대 주차장 거리에 있는 2층 술집에서 출판사 관계자들에게 축하를 받았다. 촛불이 켜진 케이크가 눈앞에 있었고 스피커에서는 축하 음악이 나왔다. 축하한다는 인사를 받았고 3분 정도 술자리의 주인공으로 앉아 있었다. 첫 시집을 출간한 새내기 시인으로 내가 겪은 일들이 이보다는 많았겠지만 기억에서 잊혀져갔다. 문학평론가가 디제이를 맡고 있던 새벽 라디오 프로그램에 초대되었던 적도 있었다. 그는 내게 이 첫 시집이 마음에 드냐고 질문했다. 나는 정직하게 썼기 때문에 그걸로 됐다고 답변했다. 좀 더 근사한 답변을 했더라면 좋았겠지만, 내가 그때 하고 싶었던 말은 '그걸로 됐다'는 것이었다. 그 후로 오랫동안 '정직하게 썼을까'에 대해 자문했다. 어쩌다 등단이란 것을 하고 어쩌다 시집이란 것을 출간했지만, 돌이켜보면 그 이후로 많은 기회와 혜택 들이 차근차근 나에게 다가온 것도 같았지만, 나는 무언가가 막연히 수치스러웠다. 헛헛했고 막막했다. 더는 시를 쓰지 않아도 될 것처럼 회의적이었다.

세 번째 시집을 출간한 즈음에서야 내가 시인임을 막연히 자각하기 시작했다. 이렇게 저렇게 만나게 된 후배들로부터 내 첫 시집에 대한 소회를 듣기 시작한 시기였다. 죽을 만큼 외로울 때에 침대맡에 두고 읽었다는 사람, 시구를 인용하며 '캬!' 하는 감탄사와 함께 술잔을 부딪쳐주던 사람, 첫 시집처럼 계속 써주길 바랐다며 실망을 피력해주던 사람, 군대에서 표지 귀퉁이가 닳도록 읽었다던 사람…….
그 말을 들을 때마다 나는 어떤 표정을 지었을까. 잘 모르겠지만 시큰둥했거나 가벼운 자만을 농담처럼 표했을 게 뻔하다.

간혹 낭독회나 시인과의 만남 같은 행사에 참여했을 때에 독자로부터 '당신의 시집 중에 어떤 시집을 가장 마음에 들어 하냐'는 질문을 받게 되면, 나는 번번이 첫 시집이라고 대답을 한다. 미숙했고 거칠었고 잘 몰랐지만, 그래서 마음이 간다. 인간이 잘 몰라서 하게 되는 일. 막막하지만 뭐라도 해보려고 애를 쓰다 쓰게 되는 시. 거기에 깃든 무구함은 내가 잃고 싶지 않은 감각 중 하나이다.

요즘, 누군가가 내게 어떤 책을 출간하고 싶은지 계획이나 꿈 같은 걸 질문해올 때면, 나는 번번이 '첫 시집'을 출간하고 싶다고 말한다. 내 대답이 농담처럼 들리거나 돌아갈 수 없는 옛날을 낭만적으로 회억하는 것으로 들렸겠지만, 나는 정말로 나의 첫 시집을 상상한다. 첫 시집을 출간했던 그때처럼 막연하고 뭣 모르는 그런 상태가 아니라, 그때보다 노련하고 그때보다 뭘 좀 알고 그때보다 시인이라는 호칭을 '본캐'로 인정하고 있는 지금의 내가 꿈꿀 수 있는 첫 시집을 상상한다. 여섯 번째 시집을 출간하겠다는 마음으로는 만나기 어려운 성정 속에 내가 놓여 있기를 바란다는 뜻이기도 하다.

나는 시인들의 첫 시집에 대해서 유독 각별해한다. 구입해두고 아직 읽어보지도 못한 첫 시집이 내 서재 한 귀퉁이에 차곡차곡 쌓여 있다. 할 일도 없고 하고 싶은 것도 없어서, 시시하기 짝이 없는 오후를 보내며 집 안을 서성이는 어느 날, 한 권을 꺼내어 소파로 가서 눕는다. 시집 제목을 읽고 시인의 약력을 읽고 시인의 말을 읽고 목차를 읽고 첫 시를 읽는다. 미치도록 기쁜 시간이다. 한 개인이 자기 방식으로 입을 열어 자기 어법으로 한 글자 한 글자 적어 내려간 세계. 다른 세계의 쪽문 하나가 활짝 열리고, 열린 문으로 빛이 쏟아진다. 보이는 것이 없어서 모든 걸 볼 수 있을 것만 같은 문이다.

　이 세상의 모든 첫 시집에겐 출간된다는 표현보다 남겨 둔다는 표현이 더 어울린다. 정말 좋은 시집은 누군가에게 한 박자 늦게 발견되기 일쑤이다. 시집이 출간된 다음 계절에, 혹은 다음 해에, 혹은 10년 뒤에 그 시집을 우연히 읽고 환심이 일어났다면, 그 시집은 그 사람을 기다려온 시집이 된다. 가장 늦게 발견해줄 누군가에 의해서 첫 시집은 태어난 명분을 온전히 갖춘다. 누군가가 뒤늦게 어떤 시집을 조우하는 일은, 그 시집이 조금 먼저 미래에 도착해 있었기 때문에 가능하다. 시집이 조금 먼저 미래로 가 있고 독자는 조금 늦게 그 세계에 도착하는 것. 그건 시가 오랫동안 우리에게 해온 일이다.

　미치도록 기쁜 첫 시집들보다, 실은 시인의 마지막 시집에 나는 더 마음이 간다. 마지막 시집은 대개 자신이 곧 죽게 된다는 암시로 가득하다는 식으로 회자된다. 죽음과 맞서 싸우던 시인이 병상에서 썼든 그렇지 않았든 간에, 마지막 시집은 병색이 완연하다. 그러나 그 병색은 우리가 잘 알고 있는 병색과는 다르다. 시인의 병색은 욕심 없음을 맑디 맑게 드러낸다. 마지막 시집에서 시인들은 대부분 분투하지 않고 태연했다. 잘 알고 있었으나 잘 안다고 말하지 않았다. 보여주려 하지 않았고 입증하려 들지도 않았다. 영롱한 문장들이 쓰여 있었으나 아무것도 시도하지 않았다. 아무것도 시도하지 않음을 시도했다고 표현하는 게 맞을지는 모르겠지만, 독자인 나에겐 그렇게 읽혔다. 이미 이승과 작별을 하고 떠난, 마지막 시집을 상재한 시인들만이 할 수 있는 시도일 수 있다.

아무것도 시도하지 않음이 누군가의 최종적인 시도일 수 있다는 것이 나는 매번 놀랍다. 매번 새롭다. 그 시인의 출사표였던 첫 시집과 같은 날 같은 오후에 꺼내어 읽으면, 그 둘 사이는 지독하게 막막하다. 오늘은 최정례 시인의 『내

귓속의 장대나무 숲』과 『빛그물』을 다시 꺼내어 읽었다.
그 속에서 나는 더할 나위 없이 막연한 하루를 살 수 있다.
하루가 그렇게 흘러가는 것에 흡족해한다. 그리고 알게 된
다. 이런 종류의 막연함이 시인의 최종 선택이라는 것을.

아등바등의 다음 스텝

꿈에 저승사자로 짐작되는 인물이 나를 찾아온 적이 두 번 정도 있다. 두 번 모두 혹독하게 앓고 있었을 때였다. 꿈속에서는 왜 나를 찾아왔는지 그를 만나기 전부터 알아채고 있었다. 그에게 발견되지 않으려고 숨거나 도망 다녔다. 할 수 있는 모든 행위를 온 힘을 다하여 해보았지만, 결국 이 상황에서 내가 할 수 있는 것은 단 한 가지라는 걸 알아챘다. 포기하는 일. 손쓸 방법을 찾아 아등바등대지 않고 손을 놓아버리는 일. 꿈에서 깨어나 생각해보면 너무 일찍 포기한 건 아닐까 싶을 타이밍에 나는 분주하던 두 발을 멈추었다. 그리고 가만히 서 있었다. 그를 정면으로 대면했다.

두 번 중에 나중에 꾼 꿈에서는, 내가 정말 잘 도망쳐서 그가 나를 찾아낼 수 없게 된다면 그 공간에 있던 다른 이를 데려간다는, 저승사자의 원칙이 섬광처럼 내게 엄습했고, 도망치면 안 된다고 판단했다. 꿈속의 내가 사지에 내몰렸을 때에 다른 이를 떠밀어가며 살아남는 걸 선택하지 않았던 것이 내심 마음에 들었기 때문에 오래오래 그 장면을 생각했다.

그 순간에 꿈에서 깼다. 더 이상 도망칠 데가 없다고 느끼게 되는 순간에, 꿈속으로 나의 이성이 침투되어 악몽으로부터 탈출하게 나를 도왔던 것 같다. 꿈에서 깨어 눈을 껌벅였다. 내 신체는 최선을 다해 도주하고 있었음을 온몸으로 입증하고 있었다. 심장박동이며 맥박이며 흥건한 식은땀이며……. 잠깐이지만, 살아 있다는 것이 고맙고 기뻐서 환희의 눈물 한 줄기가 눈꼬리에서 귓바퀴로 흘러내렸다.

저승사자까지는 아니지만, 이 정도로 아등바등하다가 홀연히 어금니에 들어간 힘을 풀고 두 주먹을 푸는 순간이 있다. 도망을 치고 있는 건지 잘 살려고 애를 쓰고 있는 건지 구분할 수는 없지만, 아등바등하느라 무엇에 대하여 아등바등하고 있는지조차 망각한 채로 이상한 맹목에 휩싸이다 홀연히 맹목으로부터 풀려나는 순간이 있다. 그럴 때의 나는 포기한 사람이 아니었다. 좌절감이 아니라 담대함과 호방함이 순일하게 차올랐던 황홀한 순간이었다. 어떤 일을 훌륭하게 수행해내고 있을 때의 나보다 그 순간의 내가 나는 더 나답다고 느낀다. 기백이 남아 있구나 싶어진다. 이런 유의 감정을, 나 혼자서 은밀하게, 자부심이라 불러주며 살아왔다.

그 포기의 마음으로 바다에 누웠던 적이 있었다. 온몸에 힘을 다 풀고 바다 위에 둥둥 떠 있었다. 누워서 깜빡 잠이 들었다. 잠이 오는구나 싶었을 때에 잠을 이불처럼 덮고 누워 있었다. 눈을 떴을 때 나는 해안가로 떠밀려와 있었고 빛깔 좋은 석양이 사방에 드리워져 있었다.

그때 나는 어떤 억울함과 참혹감에 거의 잡아먹힐 지경으로 지냈다. 그대로 지내다가는 회복할 수 없을 정도로 망가지리란 것이 불 보듯 뻔했다. 그래서 아무것도 하지 않으려고 여행을 떠났다. 한 달여를 정말로 아무것도 하지 않고 '물멍'만 하며 바닷가의 자그마한 아파트에서 지냈다. 아무것도 하지 않았지만 걷는 일을 하루 종일 했다. 슬리퍼를 신고 목적한 바 없이 무작정 걸어 다녔다. 우산 없이 거친 소

낙비를 뚫고 우적우적 걸은 적은 있어도, 땡볕 더위를 뚫고 그렇게 걸어본 적은 처음이었다. 몸을 식히기 위해 바닷속으로 깊이 헤엄쳐 들어갔고 그마저 힘이 떨어졌을 때 바다 위에 누워서 하늘을 올려다보았다.

시를 쓰는 순간도 대략 비슷한 면이 있다. 한 문장씩 한 문장씩 써 내려갈 때에, 내 앞의 버젓한 무언가를 뚫고 걸어가는 느낌이 든다. 부여받은 재능이 없는 시인이라서 그 노고를 버겁다고 느껴본 적은 없다. 그렇게라도 해야 마땅하다며 책상에 꼬박 앉아 있는다.

의자에서 일어나 서성일 때에 내 발자국들이 흔적을 남겼다면 내 방바닥은 단체 관광객이 우르르 다녀간 어느 유적지의 흙바닥과 같을 것이다. 어떻게 썼든, 시를 끝내야 하는 순간에 나는 도망치는 것을 멈추다 저승사자 앞에 마주 선 그 심정이 된다. 다 포기하는 심정. 이제 대단원의 막이 내리고 꿈에서 깰 때가 된 것 같은 심정. 견딜 수 없게 덥고 지나치게 탈진해서 바다 위에라도 누워버리는 심정. 내가 쓴 시가 마음에 들어서가 아니라, 그 포기의 심정에 내가 황홀함을 느끼기 때문에 시를 쓴 날이 나는 환희롭다.

근근하게나마 그런 환희가 나를 반복적으로 찾아오지 않았다면, 나는 시를 쓰지 않는 사람이 되어갔을 것이다. 포기하는 마음이라고 적고 있지만, 표표해지는 마음이라고 표현해야 더 정확하다. 더 할 수 있는 것이 없다는 걸 확인하는 순간을 '포기'라고 겸손하게 말하기에는 그 순간에 깃든 감정이 무엇과도 견줄 수 없을 정도로 담백하다.

바람 한 번에 사막의 능선이 바뀌듯이, 서성였던 무수한 내 발자국들은 짙은 한숨으로 사라진다. 피로가 쥐처럼 나를 갉아대도록 내버려두었던 시간을 뒤로하고 시체처럼 파리한 얼굴로 침대에 나를 눕힌다. 베개에 머리를 대면 꿈속에서 나는 시를 이어서 쓴다. 꿈속의 이미지는 온통 컴퓨터의 모니터 화면이고 커서가 깜박인다. 꿈속에서 나의 커서는 후퇴하지 않는다. 나의 문장은 수정되지 않는다. 더 쓰고 더 쓸 뿐이다. 그러다 생각한다. 설마 이것이 꿈일까. 설마 했지만 이것은 꿈이로구나. 꿈인데 내가 왜 시를 쓰고 있는 것인가. 바보처럼. 나는 그렇게까지는 바보가 아니기 때문에 꿈에서 깨어난다. 일어나 찬물을 벌컥벌컥 마시고 다른 꿈을 꾸기 위하여 다시 잠이 든다.

소리하지 않는 바위

같이 좀 걸을래? 오랜만에 만나기로 약속을 정하면서 그녀에게 말해보았다. 그녀도 밥집이나 찻집에 앉아 있기보다 함께 선선한 공기 속을 천천히 걷는 것을 반겼다. 그녀는 호숫가를 걸어보고 싶다고 했다. 보석처럼 반짝이는 윤슬 같은 걸 오래오래 쳐다보고 싶다고 했다. 나는 노릇노릇하게 물든 가을 숲을 걷고 싶었다고 말했다. 그녀와 나는 두 사람의 욕구를 모두 채울 만한 장소를 각자 물색해보기로 했다. 마침내 찾아낸 그곳을 그녀와 나는 오후 내내 나란히 걸어 다녔다. 목이 긴 왜가리와 자그마한 해오라기가 거리를 두고 서로를 쳐다보다 목을 죽죽 내밀며 자박자박 물가를 걷는 모습을 보며, 우리도 잘 닦인 흙길을 걸었다.

꿈꾸어도 노래하지 않고
두 쪽으로 깨뜨려져도
소리하지 않는 바위가 되리라.

그녀는 갑자기 유치환의 시 「바위」를 혼잣말처럼 읊었다. 나는 뜬금없이 등장한 '바위'의 심오함에 눈을 동그랗게 뜨고 그녀를 바라보다 그녀의 다음 말을 기다렸다. "그땐 몰랐는데 지금은 무슨 마음인지 알 것 같아서." 자신이 갑자기 유치환의 시구를 내뱉은 이유를 내게 한마디 한마디 천천히 말해주던 그 순간에, 나는 이미 그녀의 마음을 다 알아버린 듯했다.

눈앞에 놓인 커다란 바위에 쉼 없이 새가 날아들고, 쉼 없이 물결이 부딪치는 것을 우리가 함께 보고 있어서다. 꿈꾸고 노래하는 일을 아주 오래 지속해온 동료로서, 서로의 소진과 서로의 결락을 묵묵히 지켜보며 지낸 시간들. 전부를 말하진 않았어도 전해지는 것들이 우리에게는 차곡차곡 쌓여 있었다. 그녀에게서 나에게로, 어쩔 때는 나에게서 그녀에게로, 바람의 방향에 따라 서로의 고단함이 전달될 때가 잦았다. '소리하지 않는 바위'라는 말이 그녀의 입 바깥으로 새어 나온 후로, 우리는 계속해서 바위에 대한 이야기를 나누었다. 커다랗고 잘생긴 바위가 눈앞에 잘 보이는 벤치에 나란히 앉아서.

왜가리가 물 위를 가로지르며 날아갈 때에 수면에 비친 모습 덕분에 두 마리인 듯 보이다가, 다시 착지를 하는 순간에 두 마리의 다리가 합쳐지는 순간. 그녀는 기쁨에 찬 얼굴로 "봤어?" 하며 나를 바라보았다. "새가 되어 살아가는 소감은 도대체 어떨까?" 그녀의 질문에 나는 내 등 뒤에 새의 날개를 내 얼굴에 새의 부리를 상상해보았다. 마침 기러기들이 도열하며 청명한 하늘을 가로지르던 순간이었다. 분명 아름다웠지만, 고단하지 않을 거라고 상상할 수는 없을 것 같았다. 날개를 펼치며 유유히 날아가고 있지만, 이 계절에 꼭 해야만 하는 일을 온 힘을 다해서 하고 있는 모습이었다. 이 계절에 꼭 해야만 하는 일에 몰두하고 있는 것은 우리를 둘러싼 숲도 마찬가지였다. 이따금 수면 위로 튀어나와 한가로운 듯이 파문을 만들어놓는 물고기들도 보이지 않는 곳에서는 분주할 것이다.

해가 기울고 한기가 느껴지기 시작할 때에 우리는 조금 더 성큼성큼 걷기 시작했다. 나무들에게 황금빛 실루엣을 둘러주던 햇빛이 조금씩 붉은빛을 띠기 시작했다. 호수 둘레를 한 바퀴 다 돌고 나서, 우리는 출발했던 지점으로 돌아왔다. 주차장에 세워진 차 속으로 들어가 텀블러에 담아온 따뜻한 차를 나누어 마시며, 해가 마저 지고 어둠이 더 짙어질 때까지 나란히 앉아 있었다.

우리는 나란히 걷기로 했을 뿐이지만, 나란히 걸었기 때문에 나눌 수 있는 이야기를 나누었다. 커피를 마주하고 카페에 앉아 있었을 때에 나누었던 대화들과는 달랐다. 흙길 위에는 각자의 운동화 자국이 나란히 찍혀 있을 것이고 곧 지워질 것이다. 우리의 운동화가 진흙을 묻혀 오듯, 우리의 눈동자도 무언가 다른 것을 담아왔을 것이다. 긴 길을 달리는 동안에 우리는 메리 올리버에 대해 이야기를 나누었다. 오늘 우리가 함께 목격한 것들이 메리 올리버에게는 매일매일의 평범한 하루였을 거라는 사실에 대해서, 손쉬운 부러움으로써가 아니라 그래야만 했을 것을 이해하는 마음으로. "또 언제 보나" 하며 그녀는 차에서 내렸다. 한겨울이 오면 그때 또 오늘처럼 같이 걷자는 나의 대답에 그녀는 손바닥을 힘차게 흔들어 보이고 돌아섰다.

피부 뜯기

내 몸에는 흉터가 구석구석 숨겨져 있는데, 이것들은 모두 내가 만들어낸 것이다. 아주 작은 상처에 자꾸 손을 대어 딱지를 뜯어내다 보면 굳이 흉터로 남지 않을 상처까지 흉터가 된다. 이런 버릇이 일종의 강박인 줄은 익히 알고 있었지만 그 강박의 이름이 '피부 뜯기 장애'인 줄은 얼마 전에 알았다.

상처에 대처하는 태도가 엉망이고 결과적으로 흉터를 남기기 일쑤이다 보니, 상처를 어떻게 다루어야 올바른지에 대한 정보를 누구보다 더 많이 안다. 상처가 났을 때마다 맨 처음 대처가 어떠해야 하는지, 어떤 성분의 연고를 바르는 게 맞는지, 어떤 습윤 밴드를 사용해야 하는지, 흉터가 과할 때에는 병원에서 어떤 처치를 받아야 하는지 등등에 대한 경험이 다양하다.

하얀 타이즈에 유치원복을 잘 차려입고 대문을 나서면 채 몇 걸음을 걷지 못한 채로 한 번 넘어졌다. 타이즈 무릎에 구멍이 생기고 생채기가 생기고 피가 배어 나왔다. 다시

집으로 돌아가 엄마가 해주는 간단한 응급처치를 받고 타이즈를 갈아 신고 집을 나섰다. 넘어져서 무릎에 생긴 상처는 숱하게 많았다. 끊임없이 딱지가 앉는 무릎이야말로 나에겐 애완의 장소였다. 무릎을 세우고 쪼그리고 앉아 있자면, 딱지가 눈앞에 반짝이며 자태를 드러냈다. 딱지의 가장자리를 손톱 끝으로 살금살금 들어올리기 시작했다. 상처가 깊을수록 딱지는 두꺼웠고 피가 흥건하게 배어 나왔고 또다시 딱지가 앉았다. 상처가 얕아서 딱지가 깔끔하게 떨어져 나가고 붉은 기운의 살갗이 드러날 뿐 흉터는 남지 않은 그 순간을 포착할 때에 미묘한 쾌락이 있었던 것 같다. 동전을 들고 복권 같은 것을 긁을 때와 비슷한 심정이라고 해야 할까.

엄마는 자기를 닮아 내 발이 커지지 않길 바라는 마음에 언제고 한 사이즈가 작은 신발을 내게 신겼다. 유전적인 무지외반증이 있는 데다 발가락을 신발 속에 구기듯 넣었어야 했기 때문인지 안짱걸음이었다. 잘 넘어지는 것은 어쩌면 당연했다. 안짱걸음은 열 살 무렵에 스케이트를 배우면서 자연스럽게 고쳐졌다. 중학생 정도가 되었을 때부터 내 발에 맞는 신발을 신겠다고 주장할 수 있게 되었기 때문에 넘어지는 버릇도 차차 나아졌다. 스케이트를 배우기 시작할 무렵, 딱딱한 스케이트 슈즈에 쓸려서 발뒤꿈치와 발등에 상처가 생겼다. 발등의 상처는 위치 때문에 잘 아물지 못한 채로 꽤 오래갔다. 소독을 하고 연고를 바르고 거즈를 두껍게 덧댄 후에 반창고를 정성스레 붙여주던 아빠의 모습을 지금도 가끔 떠올린다. 욕조에 들어가 몸을 푹 담그고 내 발을 바라보고 있을 때마다. 발등에 남은 동그란 흉터를 만져보다가.

왼쪽 검지손가락 첫마디가 접히는 부분에도 어릴 적 흉터가 남아 있다. 접히는 부분이라서 나만 알아보는 정도의 흉터다. 칼을 갖고 놀다가 손가락이 잘려 나갔는데 엄마가 신속하게 대처해주었다. 잘려서 너덜대는 손가락 끝을 꼭 붙들고 병원에 달려가 접합수술을 받았다. 채칼을 다루다

살점이 떨어져 나가 봉합수술을 받은 오른손 약지, 굵은 가시가 깊게 박혀 제거한 이후에도 가시가 손가락 안에 있는 것처럼 단단한 이물감이 느껴지는 오른손 중지……. 자잘한 흉터들이 얼룩덜룩하게 온몸 구석구석에 존재한다.

큰 상처들에는 나의 강박이 발동되지 않았던 걸로 짐작건대, 만만한 상처만을 골라 유희를 즐기려는 최소한의 자기보호본능 정도는 나에게 있는 것 같다.

상처를 덧나게 하고 또 덧나게 해서 도저히 못 봐줄 만한 흉터가 되었을 때에 병원에 찾아가면, 피부과 의사는 그 흉터를 아주 간단히 다룬다. 잘라내거나 파내거나 하는 식으로 완전히 새로운 상처를 흉터 위에 만든다. 변성된 피부조직을 다 없애서 맨 처음에 생긴 상처의 상태로 되돌려놓는 것이다. 그러면 새살이 돋아날 수 있게 된다. 새살이 돋아날 때에 손을 대지만 않는다면, 수일이 지나면 감쪽같이 흉터가 사라져 있다. 몸이 스스로를 치료할 수 있도록 한 번 더 기회를 제공하는 역할을 의사가 하는 것이고, 피부가 흉터를 서서히 지워내며 치료를 담당한다. 가짜 피부 역할을 하며 세포를 속여줄 습윤 밴드의 도움을 받기는 하지만 말이다.

어느 여름밤, 친구들과 바닷가 민박집에 둘러앉아 자신의 몸에 새겨진 흉터에 대해서 이야기꽃을 피웠다. 누군가가 누군가에게 걱정 어린 시선으로 그 흉터의 연유에 대해서 물었다. 허벅지에 새겨진 제법 큰 흉터였는데 막상 당사자는 대수롭지 않게 이야기를 들려주었다. 별일 아니었는데 별일이 아니어서 방치하고 있다 보니 큰 흉터로 남게 되었다는 것이다. 친구의 흉터에 대하여 듣고 있자니 친구에 대해 조금 더 알게 되는 기쁨이 생겼다. 나도 여기저기에 보관하고 있던 흉터들을 보여주며 이야기꽃을 피웠다.

흉터와 관련해서 들려주는 모두의 이야기는 무모했거나 어리석었거나 모자랐거나 우스꽝스러웠던 스스로가 담겨 있었다. 지혜로움과 근사함과 건강함과는 거리가 멀었다. 그래서 그 이야기들은 더 재미있었다. 그 이야기를 들려주고 들어주는 시간의 낄낄거림은 우리에게 속 깊은 결속감을 주었다.

흉터에 대해서 우리가 쉽게 관심을 갖고 어렵지 않게 이야기를 꺼낼 수 있었던 것은 그것이 피부에 새겨진 것에 불과하기 때문이었을 것이다. 눈에 보인다는 점과 단박에 설명 가능할 사연이 존재하기 때문이었을 것이다. 마음에 새겨진 흉터에 대해서는…….

첫 시집을 출간하던 시절, 나는 상처와 흉터를 구분하는 것만으로도 한결 나은 느낌으로 살았다. 상처에는 통증이 수반되지만 흉터에는 통증은 수반되지 않는다는 것을 마음에 새기면서 어떻게든 잘 지나가려 애를 썼다. 그리고 흉터를 흉터라고 부르지 않고 흔적이라고 부르려고 노력했다. '흉터'는 상처가 아문 자국을 뜻하는데, '상처'보다 '아문'에 더 의미를 둘 때에 그걸 흔적이라고 불러도 좋을 거라 생각했다. 그러려고 생각했다고 해서 그럴 수 있게 되었다는 뜻은 아니다. 단지 노력했을 뿐이었고 아무렇지도 않아진 것은 아니지만, 그럭저럭 그 시절의 시편들이 뒤에 남게 되었다. 피부 뜯기가 내게 흉터에 대한 해박한 지식을 안겨준 것과, 해박한 지식은 있으나 그로 인해 내가 흉터 없는 몸이 되지는 못했던 것도 어쩌면 다르지만 같은 이야기이다.

어금니를 깨무는 일

우여곡절 끝에 뒤늦게 찾아간 술자리에선 심각한 언쟁이
벌어진 상태였다. 분위기는 싸했고 모두들 묵묵하게 술만
마시고 있었다. 영문을 모르던 내가 입을 열어 누군가에게
말을 붙였을 때에, 저쪽에 앉은 한 여성 시인이 입을 열었
다. 그녀는 "어금니를 바득바득 갈아가며 누군가를 인내하
려고 하는 것도 인간에 대한 가장 큰 애정이지 않냐"고 내
게 물었다. 그런 마음만이 유일하게 진실되다고 여겨진다
며 내 생각을 물어왔다. 그녀의 발언 때문에, 한 사람이 그
녀를 다그쳤다 했다. 어금니를 바득바득 갈아가며 누군가
를 인내하려 했다는 것 자체가 인간에 대한 예의가 아니며
모독이라고, 감정을 실어 토로했다고 했다. 그리고 그 사람
은 술자리를 박차고 나가버렸다고. 뒤늦게 합류해서 사태
를 제대로 이해하지 못해 갸웃거리기만 하고 있는 나를 데
리고 그녀는 바깥으로 나갔다. 자신이 그 생각을 할 수밖에
없었던 한 영화를 보여주었다. 다큐멘터리였다.

햇살이 가득한 방에 한 가족들이 상기된 얼굴로 빼곡하

게 앉아 있었다. 남자가 한가운데에서 서성이고 있었고, 그리고 그의 부모로 보이는 노인들, 얼굴이 닮아서 형제일 거라 추측이 되는 사람들이 초조하게 무언가를 기다리고 있었다. 서로서로 축하의 말을 건네기도 했고, 웃음도 가득했다. 기쁨과 설렘이 방 안을 꽉 메우고 있는 듯했다. 간호사가 갓난아기를 안고 방에 들어왔고 모두들 그 아기 곁으로 몰려들었다. 남자는 아기를 받아 안았다. 그러나 아기의 얼굴은 심하게 훼손돼서 이목구비를 알아볼 수 없을 정도였다. 아기가 고개를 떨구자 뒤통수에도 얼굴이 있었다. 남자는 아기를 꼭 껴안은 채로 최대한 차분했고, 사람들은 다가가 준비해둔 축복의 말을 건넸다. 남자도 웃어 보였다. 카메라는 남자의 뺨을 클로즈업했다. 뺨이 울퉁불퉁하게 꿈틀댔다. 남자가 어금니를 꽉 깨물고 있는 게 뺨으로 다 전달되었다. 카메라가 다시 남자의 눈동자를 클로즈업했다. 두려움이 가득한 눈빛이었다. 남자와 아이를 투 숏으로 보여주는 화면에는 남자의 어금니 가는 소리가 점점 더 크게 울려 퍼졌다. 그리고 엔딩 자막이 올라가고 영화는 끝이 났다.

몇 분짜리 짧은 영화였지만 나는 숨이 막힐 듯했다. 너무 놀란 나머지 비명이 새어 나올까봐 입을 꽉 다물고 영화를 끝까지 보았다. 영화 속 남자처럼 어금니를 꽉꽉 깨물었다. 영화를 보여준 그녀를 부둥켜안고 나는 펑펑 울었다. "나도 어금니를 저절로 갈아냈어요. 내 어금니 소리가 부끄럽지만 어쩔 수가 없었어요. 저 남자는 오죽했겠나 싶어요." 마치 화가 난 사람처럼 나는 큰 소리로 말하고 있었다. 어금니를 바득바득 간다는 것이 어떻게 애정이 아니라고 몰아세울 수 있는지, 술자리에서의 그 사람이 틀렸다는 것을 금세 알게 되어 다행이라며 가슴을 쓸어내렸다.

그러다 잠에서 깨어났다. 비몽사몽간에 엔딩 자막에서 보아둔 감독의 이름을 기억해두려고 애를 써보았다. 내가 꿈속에서 봤던 영화를, 그리고 그 아기의 얼굴을, 그 남자의 표정을, 어금니에 대한 한 여성 시인의 견해를 기억해두려고 애를 썼다. 나의 꿈속에서 술자리에 앉아 있던 그녀

는, 영화를 보여준 그녀는 최승자 시인이었다. 까맣고 조
그맣고 눈이 컸다. 사람들과 하도 오랜만에 술자리를 해서,
유연하게 대화하는 방법을 잘 알지 못하는 얼굴이었다. 도
시로 내려온 숲속의 고라니 같은 표정이었다.

내가 시인이라면

가까운 미래에 내가 시인으로 살아야겠다고 작정을 했다면, 아마도 그때의 나는 그 어떤 시집에서도 내가 읽고 싶은 문장을 찾지 못했기 때문일 것이다. 내가 읽고 싶은 문장이 무엇인지를 내가 뚜렷하게 알고 있을 리는 없지만, 읽고 싶은 문장을 찾지 못했다는 것은 뚜렷하게 알고 있을 것이다. 그 문장을 나는 반드시 쓰게 될 것이다. 쓰고 나서 자신이 기다렸던 문장이라는 것을 알아챌 리는 없을 것이다. 내가 쓰게 될 문장보다 내 자신이 조금 먼저 어딘가로 앞서 있기 때문일 것이다. 기다렸던 문장은 언제고 한 걸음 늦게 내게서 구현될 것이고, 그것을 구현하는 나는 언제고 다른 것을 기다리는 사람이 되어가는, 시차와 낙차를 경험하는 자가 될 것이다. 나는 시차와 낙차를 발견하는 자이고 그것을 자주 경험하는 자일 것이다.

나는 그 경험을 괴로움으로 분류하는 손쉬움을 막기 위해 기어이 또 다른 시를 쓰게 될 것이다. 쓰고 또 쓰게 될 것이다. 신물이 나면서 쓸 때도 있고, 그런 경험조차 얻지 못하는 안이함으로 때울 때도 있고, 쓰다가 말 때도 있을 것이다. 쓴 것을 지워버리는 일이 가장 자주 있을 것이다. 이따금 같은 경험을 반복한다고 여길 때도 있을 것이고, 낯선 경험을 하게 될 때도 있을 것이다. 내가 쓴 시만 활자화되고 시를 쓰며 내가 어떤 경험을 하는지는 활자화되지 않을 것이다. 쓴 시보다 시를 쓰며 경험한 것들이 더 소중해서 비밀로 하고 싶을 것이다. 시에 대해 말하는 자리가 (지금 이 순간처럼) 마련될 때마다 조금은 비밀을 누설하며, 조금은 비밀을 포장하며, 조금은 비밀을 지키며…… 종국에는 경험한 것에서부터 얻어온 달콤한 비밀들을 가장 모르는 자가 될 수도 있을 것이다. 나만 알던 비밀이 나만 모르는 비밀이 될 수도 있을 것이다.

가까운 미래에 내가 만약 시인으로 살지 않겠다고 작정을 했다면, 아마도 너무 많은 비밀을 지켰거나 너무 많은 비밀을 누설했기 때문일 것이다. 이미 썼던 시들이 자신이 읽고 싶은 문장이 아니어서는 아닐 것이다. 이제 내가 써야 할 문장은 내가 써서는 안 되는 문장밖에 남아 있지 않아서일 것이다. 써도 되는 문장은 이미 다 썼고, 써서는 안 되는 문장만이 남아 있을 때에는 쓰지 말아야 한다고 생각했기 때문은 아닐 것이다. 써서는 안 되는 문장을 혼자서만 읽기 위해 쓰게 될 것이다. 누군가가 읽어서는 안 된다는 생각이 아니라 누군가가 읽는다는 생각으로는 쓸 수 없는 것을 써야 하기 때문일 것이다. 그때에도 시차와 낙차는 마찬가지일 것이지만, 그에 따른 경험이 외로움으로 분류되는 허약함은 있을지언정 괴로움으로 분류될 리는 없을 것이다. 쓰다가 말 수는 있겠지만 쓴 것을 지우는 일은 없을 것이다. 비밀조차 없을 것이다. 나만 알던 비밀은 따로 있을 리가 없을 것이다. 나만 모르는 비밀 역시 나로부터는 생길 리가 없을 것이다. 써서는 안 되는 문장으로 가득한 시들을 쓰고 또 쓰다가 누군가에게 읽히게 되는 우를 범하는 일만 없다면, 무사히 나는 시인으로 살지 않게 될 것이다.

나는 시인을 싫어한다. 시인이 쓴 시도 싫어한다. 오래 전부터 그랬고 앞으로는 더 그럴 것 같다. 하지만 저만치에서 등을 돌린 채로 자신이 기다려왔던 문장을 시에다 적고 있는 사람이 있다는 사실은, 그런 사람이 이 지구상에 짐작보다 많다는 사실은 싫어할 수가 없다. 자신이 쓴 시를 가장 먼저 읽어보며 느끼게 될 그 사람의 시차와 낙차를 상상할 것이다. 그에게 다가가 마치 오래 기다려왔던 사람을 만난 것과 같은 눈빛과 표정을 하게 될 것 같다. 그의 경험이 짐작할 만한 것이든 짐작조차 할 수 없는 것이든 간에, 그의 경험을 비밀로 지켜주기 위해 나의 눈빛과 표정을 거두고 조용히 스쳐 지나갈 것이다. 오래오래 그것을 기억할 것이다. 단 한 번의 마주침이지만 살아 있는 동안에 가장 자주 떠올리는 마주침이 될지도 모르겠다. 그렇지만 분명히 해두고 싶은 것은, 나는 시인을 싫어한다는 것이다. 시인이 쓴 시들도 싫어한다는 것이다. 이 고백은 모순이 아니다.

어긋장의 시간들

우붓에 숙소를 얻기 위해 사이트 몇 군데를 둘러보았다. 최상급의 방들은 'rice-field view'를 자랑하고 있었다. 한국어로 설정하면 '논 뷰'라고 표기된다. 창밖으로 얼마나 시원한 논이 펼쳐져 있느냐에 따라 가격이 올라간다. 우붓은 그러니까 농촌이고 논이 관광상품인 관광지다.

경주 시절 유년기의 내 방에는 아주 작은 창문이 하나 있었고, 그 창문으로 끝없는 논이 펼쳐져 있었다. 그 논 한가운데에는 도살장이 있었다. 야트막한 양철 지붕의 도살장 옆에는 키가 아주 커다란 미루나무가 두 그루 서 있었다. 도살장 너머, 경부선 철길이 가로획을 그으며 지나갔다. 그 방에서 도살장으로부터 들려오는 돼지나 소 들의 마지막 비명 소리를 숱하게 들었고, 기차가 지나가는 굉음도 숱하게 들었다. 그 방에서 숙제나 공부 같은 걸 한 기억은 없다. 미래를 생각한 적도 없었고 친구들과 사이좋게 어울려 놀았던 적도 없었다. 넋을 놓고 그저 들리는 소리를 듣고 보이는 것들을 보기만 했다.

대문을 나서서 신발주머니를 흔들며 논길을 따라 걸었다. 도살장을 지나서 그 철길을 지나서 그 철길 너머에 있던 제재소를 지나서 학교에 갔다. 등굣길은 언제나 지각을 하지 않으려고 달리다시피 했지만, 하굣길은 제재소-철길-도살장-논두렁의 동선에서 숱한 우여곡절을 겪었다. 일부러 더 많이 기웃거렸고 더 많이 에둘러 걸었다.

우붓의 내 방은 2층에 있었다. 방 하나에 최소한의 주방이 딸려 있었는데, 널찍한 테라스가 주방 겸 거실이 되어주는 구조였다. 아래층에는 집주인인 프랑스인 부부가 살았다. 그들이 그 2층 방을 세를 주었다. 테라스에서 나는 밥을 해 먹고 소파에 누워 책을 읽고 글도 썼다. 그러니까 잠을 자러 침실에 갈 때를 제외하고는 온종일 집에 있어도 바깥에 있는 셈이었다.

정오 즈음부터 땡볕이 테라스를 점령하면 양지에 베개와 이불과 타월을 내다 널고 칫솔과 도마도 내놓았다. 책이며 옷이며 이불이며 모든 사물들이 밤새 눅눅해져 있었지만,

두어 시간 볕 아래에서 금세 보송보송해졌다. 소파에 누워 책을 들고 있는 내 몸을, 보송보송하고 사근사근한 바람이 쉴 새 없이 핥으며 지나갔다. 바람이 살에 닿는 감촉은 나도 모르게 씨익 웃게 만들 만큼 관능적이었다. 들고 있던 책을 내려놓고 쓰고 있던 공책을 덮어놓고 낮잠을 잤다. 찬란한 금빛에서 분홍으로, 그러다 낭자한 붉은빛으로 기우는 석양을 오래오래 바라보았다. 펼쳐진 논에서는 참새 떼가 다녀가고 거위 떼가 다녀가고 농부들은 소를 내세워 밭을 매거나 허리를 구부려 괭이질을 했다. 낯설 것도 신기할 것도 없는 그저 그런 풍경이었지만, 바깥에 나가 맛집 순례를 하거나 유명하다는 사원을 방문하거나 하지도 않고 거의 숙소에서만 지냈다. 날이 저물어 어두워지면 모기향을 반드시 피웠다. 모기향과 딱 붙어서 애인처럼 지냈다. 그래도 목숨을 걸고 흡혈을 갈구하며 달려드는 모기들이 있기 때문에 책상 위엔 호랑이연고도 놓아두었다. 덩치 있는 나방과 날벌레는 괜찮았다. 벽 어디에 붙어 있다 싶으면 도마뱀이 나타나서 사냥을 해 갔다. 작은 도마뱀은 작은 날벌레를 먹고 큰 도마뱀은 큰 날벌레를 먹었다. 한번은 엄지발가락만 한 벌레가 느그적 느그적 돌아다녔는데 가만히 구경하자니 바퀴벌레였다. 너무 컸고 느린 데다 밝은 타일 바닥을 여유롭게 횡단하길래 바퀴벌레일 거라고는 짐작도 못 했다. 질식사가 아니라 익사를 할 때까지 스프레이 살충제를 뿌렸다. 한번은 20센티가량의 키를 자랑하는 붉은 지네가 온몸을 넘실대며 테라스를 가로질러 침실 방문 틈 아래로 들어가 침대 쪽을 향하고 있었다. 또다시 스프레이를 들고 난사를 했다. 역시 살충액에 흥건하게 익사를 할 때까지 뿌려댔다. 밤마다 나는 책을 읽다 말고 한바탕씩 사투를 벌였다. 네가 죽어야 내가 산다 하고 온갖 목숨 달린 것들을 죽을 때까지 괴롭혔다. 에효, 하며 털썩 소파에 주저앉아 진이 빠진 채로 멍하게 주변을 둘러보다 잠이 들었다.

넓고 근사한 테라스가 딸린 방에서의 생활은 그러했다. 우붓이 아니라 세비야에서도 프로방스에서도 마찬가지였다. 살갗이 아프도록 건조한 땡볕이 슬픔마저 사막처럼 마르게 했다. 너무 평화로워서 내가 좋아하던 절박하게 떨리는 문장들은 겉돌기만 했다. 책을 읽다 말고 번번이 넋을 놓고 바깥을 내다보았다. 그러다 탄식을 했다. 아, 내가 시만 안 쓴다면 여긴 정말 좋은 곳이겠다!

시가 도대체 뭐였는지를 다시 생각하지 않을 수가 없었다. 내가 아는 모든 것에 대하여 씩씩하게 어깃장을 놓기 위해 청춘을 바치다시피 시를 써왔지만, 나를 둘러싼 내 삶에 어떻게든 어깃장을 놓기 위해 배낭을 꾸려 여행을 다녔지만, 그 종착점 같은 외지에서 늘 생각을 했다. 시란 무엇인가.

나는 시에게도 어깃장을 놓고 싶다. 내가 쓴 시를 포함하여 모두의 시, 그리고 모두가 믿는 시에 대하여. 어깃장을 놓는 게 시라고 말한다면 그 말에도 어깃장을 놓고 싶다. 시에 대한 모종의 아는 척과 신념에게 어깃장을 놓고 싶다.

얻기

> 인생을 만드는 것은 공식적 사건들 사이에 일어나는 예측 불
> 가능한 일들이고, 인생을 가치 있게 만드는 것은 계산 불가
> 능한 일들이다.[*]

이런 문장을 읽으면 설렌다. 내가 하고 싶은 말이 간명히
표현돼 있어서다. 리베카 솔닛은 내가 하고 싶었던 설명을
자주 정확히 해주는 몇 안 되는 작가 중 한 명이다. 예측 불
가능한 일과 계산 불가능한 일을 맞이할 준비가 언제고 되
어 있기를 바라며 살고 있다는, 나 자신에 대한 자각도 리베
카 솔닛 덕분에 더 분명히 하게 되었다.

걷는 것을 좋아하는 나에게, 리베카 솔닛은 그것이 어떤
점에서 좋은지를 설명해주느라 하염이 없다. 집요하고도
드넓게 인류의 숱한 역사들을 챙겨와서 증명한다. '공적 마
스크'라는 말을 처음 입에 담았던 그해 봄, 이 책을 천 가방

* 리베카 솔닛, 『걷기의 인문학』, 김정아 옮김, 반비, 2017, 27쪽.

에 넣고서 걸어 다녔다. 걷다가 조금 쉬어야겠다 생각할 때마다 꺼내 읽었다. 마스크를 구하지 못해서 서울에 출장 올 일을 걱정하던 바닷가에 사는 친구는, 내가 보내준 마스크를 쓰고 무사히 출장을 다녀왔고, '구세주'라는 찬사와 함께 이 책을 선물로 부쳐주었다.

설령 마스크를 썼더라도 누군가와 어깨가 닿을 정도의 거리는 허락하고 싶지 않았고, 등산로 벤치에 앉아 초코바를 먹거나 텀블러를 열어 커피를 한 모금 마시는 것도 조심스러웠기 때문에, 벤치에 앉아 쉬어가고 싶을 때마다 리베카 솔닛의 책을 몇 페이지 읽는 것을 선택했다. 하던 생각을 하던 만큼만 하고 유턴하는 나날들이 이어지는 탓에 식상한 문장만 쓰고 있다는 느낌이 들 때에, 나는 주로 여행지로 훌쩍 떠나버리곤 했다. 프리랜서 시인으로 살고 있기 때문에 약간의 일정만 조율하면 보름이고 한 달이고 낯선 나라 낯선 도시에서 지내다 올 수 있었다. 그곳에선 노트북을 앞에 두고 열렬히 일을 했다. 열렬히 걷고 또 걸은 다음 날에 불현듯, 느닷없이, 그런 상태가 찾아오곤 했다. 다리와 발의 뻐근함과 함께.

걷는 취미 생활 외에 달리는 취미를 보태기 시작했던 것은 그해 여름이었다. 코로나19 PCR 검사를 받으러 드라이브스루 임시 선별 검사소를 찾아갔다가, 시립 경기장 안쪽으로 처음 들어가보게 되었다. 강아지들이 신나게 뛰어노는 드넓은 잔디밭과 더불어 운동복을 잘 차려입은 사람들이 달리기를 하고 있는 트랙 운동장을 처음으로 발견했다. 지나다니며 거대한 경기장이 있다는 것을 알고 있었지만, 주민들이 여가를 보내는 장소일 수도 있다는 것은 한심하게도 짐작하지 못했다.

나의 보행 방식에 대하여, 무릎이며 척추며 골반에 대하여, 기립근에 대하여, 발 모양에 대하여, 운동화의 구조와 끈을 묶는 방법에 대하여. 달리기를 시작한 다음에야 알고 싶어졌고 알아가게 되었다. 평생 동안 무심코 잘못 사용해온 것들로 인해서 내 몸 구석구석은 조금씩 고장 나 있었다는 것도 처음 알게 되었다. '무심코'라는 '아무런 뜻이나 생각이 없는' 행위 속에 깃든 무시하는 태도. 무시를 가능하게 만든 무지. 이러한 무지가 무력감으로 이어진다는 것도, 당연히 망가질 준비를 하게 된다는 것도, 하나하나 되짚으며 온몸으로 알아갔다.

이제야 알게 된 것들은 여태껏 어디에 숨어 있었던 걸까. 어째서 그제야 제 모습을 드러내어 알아야만 하는 것이 되는 걸까. 단지 근사한 트랙 운동장을 발견했을 뿐인데, 그곳에서 달리는 사람들이 좋아 보여 나도 달리는 것을 시작했을 뿐인데. 내가 육체를 정성들여 돌보게 된 자그마한 계기가 그 여름에 시작되었다. 오래 홀대해온 것들을 더 이상 홀대할 수 없게 되었다. 걷는 일이 영혼을 흔들어 깨우는 일이었다면, 달리는 일은 육체를 흔들어 깨우는 일이었다. 잘못 사용해온 영혼이 걷는 일로 어느 정도 회복할 기회를 얻을 수 있었다면, 잘못 사용해온 육체는 달리는 일로 회복에의 기회를 얻게 되었다. 몸을 어느 정도 깨울 수 있었다 싶을 때면, 피크닉 매트를 들고 잔디밭 한가운데로 걸어갔다. 울창한 나무 한 그루가 서 있고 잘생긴 그늘이 드러워져 있었다. 몇십 분 간격마다 피크닉 매트의 위치를 옮겨 다시 그늘 속으로 들어가 앉으며, 시계가 아니라 그림자의 움직임으로 시간의 흐름을 가늠했다.

그해 가을은 야생 공원을 발견했다. 붉게 물든 플라타너스 낙엽들이 수북하게 쌓인 길을 따라 목적 없이 걷고 있을 때였다. 추수가 끝난 논밭에 안개가 자욱하게 내려앉은 이른 아침이었다. 수백 마리의, 어마어마한 철새 떼가 논밭을 가득 메우며 저공비행을 하고 있었다. 서해로 흘러가는 천이 있고, 오리와 두루미가 있고, 갈대숲도 있는 우리 동네. 한참을 휘둥그레해하며 걸어 다녔다. 경치가 좋기도 했지만 믿기지 않아서였다. 내가 이렇게나 아름다운 동네에 살고 있었다는 사실에 대해서가 아니라, 이 아름다운 장소를 어떻게 한 번도 안 와볼 수가 있었는지에 대해서. 나 자신이 얼마나 한심하게 지내왔는지, 골방에 웅크리기만 한 채로 살아왔다는 게 차마 믿기지가 않았다. 다들 거기 모여 있었는데 나만 거기에 없었던 이상한 밤의 악몽에서 깨어난 것처럼. 내가 사는 곳에서 내가 나를 고립시키던 시간을 끝낸 것 같았다.

처음 코로나19가 우리에게 공포를 안겨주던 시작점을 생각해보면, 나는 잃은 것만큼 얻은 것이 많다. 시간을 얻고, 조금 더 나은 날씨들을 만끽하는 하루를 얻고, 내가 사는 동네의 모르던 장소들을 얻고, 그 장소에서 목격한, 아무것도 아니라면 아무것도 아니지만 결코 아무것도 아닐 수는 없는 경이로움들을 얻었다. 경이를 발견할 줄 아는 겸손을 얻었다고 말해도 좋을 것 같다. 건강도 얻었다. 몸이 있는 곳에 온전히 마음이 돌아와 도착할 때까지 걷고 달렸다. 몸이 있는 곳과 마음이 있는 곳이 순일한 일치를 얻는 순간에 대한 소소하디소소하지만 온전한 희열을 되찾게 되었다.

아주아주 많은 사람들과 대형 맥줏집에서 왁자지껄 어울려 놀고 싶다고 농담처럼 말하거나, 멋진 선셋 포인트에 다닥다닥 모여 앉아 해 지는 풍경을 낯선 도시에서 보고 싶다고 비현실적인 걸 바라듯이 말하기도 하지만, 기다리거나 기다리지 않거나와 관계없이 그럴 날이 언젠가는 올 것만 같은 막연한 마음으로 지낸다. 조금 더 기쁘게 해주는 날씨들은 영영 잃어버린 것이 아니라, 지나쳐버린 장소처럼 유턴해서 다시 돌아갈 수 있다는 걸 알게 됐다. 되돌아가는 방법을 하나하나 몸소 실천하면서, 되돌릴 수 있는 것과 되돌릴 수 없는 것을 약간은 구분할 줄 알게 되었다. 이미 망가진 것은 되돌릴 수 없다는 오랜 오해를 이젠 접게 되었다. 되돌릴 수 있는 것으로 애써 만들어가야지만 되돌리고 싶은 것들이 되돌려진다는 걸 제대로 쉬어본 다음에야 알게 된 것이다.

2030년 1월 1일 화요일 맑음

동면에 드는 곰처럼 아주 오래 죽은 듯이 잠을 자고 일어나고 싶다. 나의 미래에 남아 있을 모든 수면들을 앞당겨 빌려와, 어느 날 어느 때에 한꺼번에 주야장천 잠만 자고 싶다. 너무 깊고 너무 달게 잠을 자고 일어났을 때에, 어기적어기적 침대에서 몸을 떼어내어 거실로 나갔을 때에 어느 먼 날의 이른 아침이었으면 좋겠다.

2030년 1월 1일 정도가 딱 좋을 것 같다. 2030년 1월 1일 화요일. 가장 먼저 물을 마시고 싶을 텐데, 수돗물을 틀면 그냥 마셔도 탈이 나지 않을 지금 정도만큼의 맑은 물이 흘러나왔으면 좋겠다. 그러나 그렇지 않을 것 같기도 하다. 붉은 물이 나올 수도 있고 물이 아예 나오지 않을 수도 있다. 이 세상에 물이 아예 없어질 수도 있을까. 그렇게까지 된다면 어떤 생명도 살아남아 있지 못하게 될까. 그사이, 별의별 기술이 개발되어 물 없이도 우리가 살아갈 수 있도록 대안이 준비되어 있을까. 아무튼, 물을 무사히 마실 수 있다면 그다음은?

그다음은 창문을 열고 싶을 것이다. 창문을 열어도 되는지, 핸드폰 어플로 미세먼지 지수를 확인하는 꼼꼼함을 잊지 않겠지. 그러나 나의 핸드폰은 너무 구식이 되어버려 그저 납작한 직사각형의 쓸모없는 사물이 되어 있다. 배터리가 그나마 어느 정도 무사해서 충전을 할 수 있다면, 가장 먼저 무엇을 하게 될까. 충전을 하는 동안에 조심스러운 마음으로 창문을 열어볼 것이다. 나의 창문에 늠름하게 도열해 있던 메타세쿼이아들이 훌쩍 키를 키운 장면을 목격하게 된다면 너무도 반가울 것이겠지만, 2020년에 발표된 3기 신도시 개발계획이 취소되었을 리 없다. 나무들은 잘려나가고 그 뒤로 아득하게 이어진 논과 밭도 더 이상 없다. 휘황찬란한 대단지 아파트가 들어서 있다. 숨 쉴 만한 공기가 열어둔 창문 바깥으로부터 들어온다면 더 바랄 게 없으리라. 아파트로 가려졌지만 겨울의 쨍한 하늘이 틈 사이로 보인다면 원이 없겠다. 그런 후, 우선 배고픔을 달래고 싶을 것이다. 무엇을 먹어야 할까. 배달 음식을 주문하려면 배달 어플 업데이트를 해야 할 것이므로 많이 기다려야 할 것이다. 나는 바깥으로 나가기로 결정하고, 우선 양치를 하고 세수를 할 것이다. 유통기한을 터무니없이 넘긴 치약과 비누를 흘낏 쳐다보다 그냥 물만으로 간단히 씻을 것이다.

자주 가던 집 앞 분식점이 그대로 있을까. 아파트가 들어선 덕분에 유동인구가 많아져서 망하지 않고 잘 버텼을 수도 있고, 월세가 터무니없이 올라서 더 이상 유지하지 못하고 문을 닫았을 수도 있다. 그래도 그곳으로 발걸음을 옮겨보고 싶다. 분식점 옆의 마트에서 간단하게 먹을 것들을 사 오려 할지도 모르겠다. 분식점과 마트가 그 자리에 더 이상 없을 수도 있다고 생각하며 자전거를 끌고 나가는 게 낫겠다고 판단하게 될 것 같다. 우선, 자전거에 바람을 넣고 페달을 돌려볼 것이고, 현관문을 열고 바깥으로 나가볼 것이다. 지나다니며 매일 인사를 나누는 앞 건물 도자기 가게의 할머니가 여전히 그 가게를 운영하고 있다면, 그 순간이야말로 내가 8년이 넘게 세상을 등지고 잠을 자고 일어났다는 걸 까맣게 잊는 때일 것 같다. 여전하구나. 다행이구나. 그렇게 느끼며 더 반갑게 인사를 하게 될 것 같다.

분식집에 도착했을 때에 매번 주문하던 그 메뉴가 그대로 있다면 얼마나 좋을까. 정말정말 기쁠 것 같다. 그리고 그 메뉴를 주문하고 음식이 내 앞에 와 있을 때에 그 맛이 내 몸이 기억하던 그 맛이면 더더욱 기쁠 것 같다. 음식을 아주 천천히 꼭꼭 씹어서 먹어야 할 것이다. "잘 먹었습니다" 하는 인사를 진심을 다해 하게 될 것이다. 가게 문을 닫고 우두커니 서 있다가 그다음에 나는 마트로 들어갈 것이다. 무엇을 사기 이전에 마트의 매대를 꼼꼼하게 둘러볼 것 같다. 과자 코너와 음료 코너는 처음 보는 상품들로 꽉 채워져 있을까. 식재료 코너에서 파 한 단과 흰 두부와 깻잎 한 봉지 같은 것들을 가장 먼저 집어 들 것 같다. 그것들은 2030년이 아니라 3000년이었다 해도 동네 마트에 그 모습 그대로 있을 것 같다. 파와 콩과 깻잎이 더 이상 쉽게 수확할 수 없는 식재료가 되어버린다면? 그럴 리는 없을 것 같다.

만약 2020년대 후반 즈음, 에너지 고갈을 적극적으로 지연시키기 위해서 인류가 총력을 기울이기로 결정했다면? 냉장고가 소형화되고 에어컨이 가솔린 자동차와 더불어 금지되어 있다면? 가구당 전기 사용이 극히 소량으로 제한된다면? 플라스틱 사용과 육식이 금지된다면? 메일은 한 번 읽으면 사라지고, 모두의 SNS도 다음 날 자정을 기해서 사라져버리는 시스템이 되어버렸다면? 방에 불을 켤지, 컴퓨터를 켜서 잠시 업무를 볼지 선택해야 할 정도로 전기를 사용하는 일에 신중을 기해야 한다면?

모든 메모를 수첩에다 하게 될 것이다. 모든 연락을 엽서나 편지로 하게 될 것이다. 이런 글도 연필로 공책에다가 써서 지우개로 지워가며 수정을 할 것이다. 생각이 술술 풀릴 때에는 글씨를 빨리 쓰다가 다시 읽어볼 때에 잘 알아보지 못하게 될 수도 있을 것이다. 천천히 생각하며 덜 고칠 수밖에 없게, 신중히 한 문장 한 문장을 쓰게 될 것이다. 한 편의 글을 완성하고 나면 책상 위에는 지우개 가루가 수북하게 될 것이다. 다 쓴 글을 정서하기 위해 타자기에 종이를 끼울 것이다. 손 편지를 써서 우체통에 넣을 것이다. 답장을 받으려면 나흘이나 닷새 정도는 기다려야 할 것이다.

그리고 열쇠를 열쇠 구멍에 넣어 현관문을 열 것이다. 머리를 감거나 목욕을 하는 건 일요일마다 하게 될 수도 있다. 추위를 덜기 위해서 내의를 입고 양말을 두 겹으로 신고 두꺼운 잠옷 위에 두꺼운 카디건을 껴입고 실내에서 생활할 것이다. 그리고 해가 지면 특별한 경우가 아니라면 잠을 잘 것이고 해가 뜰 무렵에 일어날 것이다.

컴퓨터를 사용하기 위하여 공공도서관에 가서 줄을 서게 될 수도 있고, 그게 번거로워서 꼭 필요한 정보를 찾기 위해서가 아니라면 굳이 컴퓨터를 사용하지 않으려 할 것이다. 공공도서관에 매일같이 드나들며 새로 들여온 책들을 살펴보고 일주일에 두 번 정도는 동네 서점에 가서 신중하게 책 구경을 하다가 한 권을 구입해 올 것 같다. 핸드폰도 컴퓨터처럼 사용을 삼가다 점차 없애는 추세가 될 수도 있다. 유선

전화가 다시 보편화될 수도 있다. 누군가에게 전화를 걸어 "○○ 씨 좀 바꿔주세요"라고, 그의 동료나 가족에게 공손하게 말하고 잠시 기다려야 할 것이다. 세탁기보다는 손빨래를 하는 쪽을 선택할 것이고, 전자레인지나 오븐 같은 소형 가전들 없이 사는 일에 익숙해질 것이다.

친구가 놀러 오면 방에 깔아둔 이불을 함께 덮고 앉아서 이야기를 나눌 것 같다. 여름이면 부채를 손에 들고 다니고, 해 질 녘 등목 정도로 더위를 식히며 씻는 일을 갈음할 것 같다. 옷을 새로 사는 일에 죄책감이 수반될 테지만, 어쩌다 너무나도 특별한 때에 옷 가게에 들어가 새 옷을 고른다면, 내가 내민 신용카드를 받아든 가게 주인이 먹지로 된 용지를 그 위에 얹고 볼펜 같은 것으로 문지르는 동작을 짐짓 인내하는 마음으로 기다려야 할지도 모를 일이다.

내일은 무얼 할까

꿈속에선 늘 걷는다. 뛸 때도 있지만 목숨이 달렸을 때에만 뛴다. 죽고 싶지 않아서 뛴다. 그만큼 긴박한 상황이 아니라면 거의 걷는다. 산책은 아니고 어디를 찾아가는 중이지만 제대로 되질 않아서 오래 걸린다. 헤맨다는 말이 어울리는 듯도 하다. 애가 탄 채로 헤매 다닌다. 너무 오래 헤맬 때에는 무얼 그리 애써 찾는지 도중에 잊어버리고야 만다. 찾는 무엇이 도중에 제멋대로 바뀌어 있다. 나는 또 그게 당연한 듯 여긴다. 무진장 걷고 걷는데도 피곤을 모른다. 다리도 안 아프고 힘들지도 않다. 육체에 대한 피로감이 꿈에서는 전혀 없다. 잃어버린 작은 물건 하나를, 누군가와 만나기로 한 약속 장소를 주로 찾아 헤맨다. 꿈에서 깼을 때에, 무엇을 찾으려 그리 헤매 다녔는지에 대해서는 관심이 없다. 몸을 이끌고 두 다리로 돌아다니며 찾아다녔다는 점을 늘 아련해한다. 그렇게 몸소 무엇을 찾아 어디를 헤매 다닌 적이 언제가 마지막이었나 싶어서.

꿈속에선 핸드폰을 사용한 적이 없다. 손에 들려 있는 것

193

이 손전등이거나 가방이거나 우산이거나 지갑, 혹은 돌멩이거나 쪽지 같은 것인 적은 있어도, 카메라를 손에 든 적은 있어도 핸드폰을 손에 든 적은 없다. 핸드폰으로 어디에 전화를 건 적도 없고 받은 적도 없다. 당연히 SNS 어플을 열어 누군가의 게시물에 좋아요 같은 걸 누른 적도 전혀 없다. 내가 꿈속에서 누군가의 SNS 게시물에 좋아요 버튼을 누르며 엄지손가락으로 피드를 죽죽 올리고 어딘가에 앉아 있는 장면 같은 건 도무지 상상되지 않는다.

꿈속에서는 무엇이 궁금해지면, 길 가는 사람에게 묻고 물어 거기를 찾아간다. 종내는 두 눈으로 직접 궁금해했던 것을 본다. 직접 목격하게 될 때까지 헤매 다닌다. 직접 보고야 꿈에서 깬 적도 있지만, 보게 되기 이전에 꿈에서 스르르 깨어나버린다. 꿈속에서는 누군가의 집을 찾아가 그를 만난다. 그가 집에 없을 때도 있고 이사를 가버려 낙담할 때도 있지만, 또다시 그를 찾아다닌다. 누군가와 전화를 통해 목소리를 듣는다거나 약속을 잡는다거나 문자메시지를 주고받는 일을 하지 않는다. 궁금한 것이 있으면 우선 검색창에 키워드를 입력하는 일은 현실 속의 내가 매일매일 낭비처럼 해대는 일이지만, 꿈속에서만큼은 단 한 번도 그렇게 한 적이 없다. 직접 찾아 나선다. 그게 얼마나 멀든, 얼마나 경비가 들든, 내게 시간이 있든 없든, 전혀 상관이 없다.

꿈속에서 나는 화장을 하지 않는다. 로션도 바르지 않는다. 세수와 양치를 하고, 목욕을 하고 머리를 빗기도 하지만 아무것도 바르지를 않는다. 외투를 입고 가방을 메고 신발을 신고 외출하지만 그게 다다. 꿈속에서 나는 집은 있는데 내가 사는 이 집이었던 적은 없다. 과거에 살던 집이거나 전혀 다른 곳을 집이라고 여기며 편히 지낸다. 꿈에서 깨고 나면 그 장소에 대해서 궁금증이 생긴다. 가본 곳일 거라 생각하고 오래 헤아려보지만, 알 길이 없다. 간 적 없는 장소가 꿈에 나타나 내 집이 되어주는 것에 대해서 언젠가는 알게 되면 좋겠다.

드물게 꿈에서도 잠이 든다. 침대 위에 놓인 베개에 머리를 대고 잠이 들지는 않고, 주로 길거리에서 노곤해져 잠에 빠져든다. 꿈도 꾼다. 꿈에서 깨어나도 꿈속이라는 것을 알아차린 적도 있다. 또 꿈에서 깨어나야 현실로 돌아갈 수 있다는 것도 알고 있었다. 비행기를 세 번쯤 갈아타고 이동해야 할 여행지처럼, 꿈속 꿈에서 깬 꿈속에서는 현실로 돌아오는 게 아득했던 기억이 몇 번 있다. 꿈에서는 운전도 하고 사고를 모면하려고 애를 쓰다 핸들을 틀거나 브레이크를 밟기도 한다. 모면은 주로 현실로 돌아와버림으로써 하게 된다. 꿈속에서는 이미 대형 사고를 일으켰거나 내가 죽었을 것이다. 꿈속에서 나는 두발짐승이 되어 달려본 적이 한 번 있다. 두발짐승으로서 내달려본 경험을 육체에 고스란히 묻힌 채로 꿈에서 깼다. 힘찬 발길질과 발톱 사이로 끼어든 흙을 감촉했고, 목이 말라 물웅덩이에 긴 혀를 빼내어 물을 할짝거렸다. 그 물맛도 입속에 머금은 채 잠에서 깼다. 꿈속에서 나는 두 팔 벌려 하늘을 날아다닌 적도 있다. 벼랑에 기울어져 자라고 있는 소나무 가지 위에 앉은 잔설을, 손끝으로 스칠 때의 그 차갑고 상쾌한 감각. 두 다리를 오므려 땅 위에 착지하던 가뿐한 감각. 이 경험한 적 없는 감각을 꿈 바깥으로 가져와 그 생생함에 어쩔 줄 몰라 해본 적도 있다. 둔기에 맞아 머리통이 으스러진 감각도 꿈 바깥으로 데려온 기억이 있다. 이런 유의 다이내믹한 꿈들은 나이가 어느 정도 들고 나서는 좀처럼 꾸질 않는다. 언젠가부터 나는 꿈속에서 더 이상 다치지 않고 쫓기지 않고 높은 데서 떨어지지 않는다. 날지도 않고 소리를 지르지도 않는다. 걷고 걷는 일은 예나 지금이나 여전히 열심이다. 예나 지금이나 아무리 걸어도 피곤을 모른다.

꿈속에서 나는 여전히 마스크를 쓰지 않고 있다. 내 꿈에 등장하는 사람들도 마스크를 쓰지 않는다. 웃는 입매와 치아를 바라볼 수가 있다. 누군가의 비말을 두려워한 적이 없다. 손을 맞잡고 포옹으로 인사를 한다. 며칠 전 꿈에서 처음 만나는 사람에게 손을 내밀어 악수를 청했는데, 그의 손바닥이 나무처럼 딱딱해서 인상적이었다. 꿈에서 깨어나 이만큼이나 딱딱한 손바닥을 만져본 기억을 떠올리다 오래 잊고 지낸 얼굴들을 눈앞에 펼쳐놓고 혼자서 반가워했다.

어제는 두 사람과 인류의 미래에 대한 대화를 했다. 자기가 본 SF 영화와 소설 들을 인용하기도 하며 신나게 떠들다가 우리는 알아채기 시작했다. 미래라고 말하면서 최후에 대한 이야기를 하고 있다는 것을. 미래에 대한 언급이 어째서 꿈이 아니고 최후인지를. 신이 나서 나눈 대화가 자못 비관적이고 진지해지기 시작하자 우리는 화제를 돌렸다. 집으로 돌아오며 나는 인류의 미래보다 나의 미래를 그려보았다. 역시나 희망적일 리 없었다. 두려움이라고 말하기에는 매우 현실적으로 구체적인 미래가 그려졌고 나는 두려움을 각오로 바꾸며 어금니를 깨물었다. 간밤에 읽은 시를 떠올리며 다시 어금니를 풀었다.

내가 잠들면 오는 친구가 있어. 나는 묻지. "넌 어디에 있는 거야? 왜 그렇게 사라져버렸어?" 그는 미소만 짓고 답하지 않아. 말 너머의 미소, 내 가슴이 따뜻해져. 그러나 잠에서 깨어 나는 그가 삼십 년 전에 죽었다는 걸 깨달아. 매번 그래. 매번 나는 그의 죽음을 새로이 알게 돼.

잠 속에는 죽은 사람이 없어. 거기에는 손실이 없어. 생시에 잃은 것을 잠 속에서 찾지. 그게 내가 잠자기를 즐기는 이유야. 어떤 이들은 마지못해 잠자리에 들지만, 나는 집으로 돌아가듯이, 들에 나가듯이 잠자리에 들어.

강물처럼 내달리는 친구가 있어. 나는 둑에 서 있고 그는 아래에서 흐르지. 나는 그를 멈추게 할 수도, 그 안에 뛰어들어 헤엄칠 수도 없어.

"어디 가는 거야?" 나는 그에게 말해. "이리 와. 나와 함께 깨어나자. 이리 오라고!"

내 의식의 문턱 바로 밑으로 흐르게끔 진로를 바꾸라고. 하지만 절대 그렇게 되지 않아.

내 잠 속에 흐르는 큰 개울이 있어. 낮의 짧은 손은 그 물
을 한 국자 떠서 내게 줄 수가 없어.*

　내 꿈속에도 자주 오는 친구가 있다. 그는 늘 정면으로
얼굴을 보여주지 않는다. 옆얼굴이 살짝 보이는, 비스듬
한 뒷모습이다. 그에게 몇 번 고개를 돌려 나를 보라고 말
한 적이 있는데, 언젠가부터는 그 말을 하지 않는다. 다만,
"왔구나" 한다. 그의 입꼬리가 올라가면 나도 따라 웃는다.
이 시인은 꿈속으로 온 친구에게 "이리 와"라고 말을 건네
지만, 나는 친구에게 이리로 오라고 번번이 말을 못한다.
같이 있고 싶은 마음은 같겠지만, 내가 그리로 따라가고 싶
은 마음이 나는 조금 더 크다. 그 마음을 표현한 적은 없다.
내 마음을 읽었는지 홀연히 그는 사라진다. 나는 '가버렸

---

*　자카리아 무함마드, 「내가 잠들면」, 『우리는 새벽까지 말이 서성이는 소리를
　들을 것이다』, 오수연 옮김, 강, 2020, 12~13쪽.

네' 한다. 그리고 그가 사라진 쪽으로 걸어간다. 그의 뒷모습은 길모퉁이에서 돌연 사라지고 나는 길고 긴 방황을 시작한다. 헤매고 헤맨다. 그를 다시 만나려는 마음인지, 그를 따라가고 싶은 마음인지는 알 수가 없다. 어쩌면 그를 따라가서 그가 사는 그곳을 엿보게 되는 것을 욕망하는 것일지도 모르겠다.

나는 산문을 쓸 때마다 내가 만난 접촉면에서 출발하는 것을 즐긴다. 직접 만난 사람, 직접 겪은 사건 등이 내 글의 시작점이 되어야 한다고 유의하는 편이다. 코로나19 팬데믹 이후에 직접 겪은 사람과 직접 겪은 사건이 현저히 줄었다. 산문을 쓰려 할 때마다 내가 했던 경험에 대해서 떠올린다. 동네의 한적한 곳들을 산책한 것, 종일 틈틈이 핸드폰을 들고 좋아요를 누른 것, 검색한 것, 필요한 자료를 인터넷으로 신청해서 도서관으로부터 복사본을 우편으로 받는 것, 지인들과 메시지로 대화한 것, 통화한 것……. 경험이 제한되는 일상에도 불구하고 꿈속에서만큼은 어지간히 드넓게 사람을 만나고 어디를 간다. 가장 활달하다면 활달한 세계가 지금으로써는 꿈속밖에 없다. 베개에 머리를 대고 누울 때에 오늘은 무슨 꿈을 꿀까 기대한다. 겨우 그게 나를 가장 설레게 한다.

나무젓가락과 목각 인형

원령공주의 숲을 내 두 발로 꼭 걸어보겠다며 트레킹 장비를 야무지게 트렁크에 넣었다. 방수가 되는 장갑과 모자를 굳이 구입해서 챙겼고, 트렁크의 많은 부분을 할애하며 오래 신어온 트레킹화를 굳이 챙겨 넣었다.

오랜 시간이 흐른 지금, 트레킹을 하며 두 눈으로 직접 보고 숱하게 카메라를 들었던 원령공주의 숲은 그다지 회상되지 않는다. 좋았지만, 신령스러운 나무들로 우거진 숲과 이끼들에 진심으로 탄복했지만 자꾸 기억나는 장면은 아니다. 그때 내가 묵었던 숙소를 떠올리게 되었을 때에야, 야쿠시마에 또 가고 싶다며 무언가를 그리워한다.

그리 비싸지도 않았고 매력적인 요소에 이끌린 것도 아닌, 다소 시큰둥한 마음으로 고른 숙소였다. 할아버지가 숙소 입구에서 공방을 운영하고 있었고, 그의 아들이 게스트하우스를 운영했다. 마지막 날 아침, 출항하는 배를 타러 가기 전이었다. 딱히 일정이 없어서 우리는 공방에 발길을 들여놓았다. 젓가락을 만드는 워크숍이 있다는 안내를 받고, 친구들과 나는 할아버지 앞에 나란히 앉게 되었다. 조각칼에 얇게 저며진 나무들이 소복하게 쌓여 코끝에 냄새로 와닿았다. 우리는 아침 햇살이 드는 창가에 앉아서, 서툴지만 열심히 나무를 깎아 젓가락을 만들었다. 수백 년 수령의 나무들에게서 부러져 나온 잔가지들이, 내 손끝에서 한 쌍의 젓가락으로 탄생되고 있었다. 할아버지는 그렇게 버려진 나무들을 주워 와서 아기자기하거나 웅장한 것들을 만들어서 전시를 하고 있었다. 한지로 곱게 포장을 마친 나무젓가락을 트렁크에 챙겨 넣고서, 이번 여행에서는 젓가락이구나 했다.

여행지에 가면 나는 되도록 나무 조각을 기념품으로 사온다. 나무가 아니어도 좋지만 되도록 나무로 만든 것을 찾아보려 한다. 누군가가 태어나 뿌리를 내리고 살아온 그 땅에서 한 그루 나무가 오래오래 자라 우뚝 서 있었고 그 기후와 세월들이 나무 한 조각 속에 담겨 있다고 상상하는 걸 좋아하기 때문이다. 그런 나무 한 조각을 누군가가 두 손에 들고 고개를 파묻고서 손수 다듬어간 고유함을 기념품으로 선택하고 싶다. 포카라에서는 팽이를, 흡수굴에서는 게르 미니어처와 낙타를, 맥그로드간지에서는 기도 바퀴를, 아테네에서는 메두사를, 피렌체에서는 피노키오를, 치앙마이에서는 코끼리를, 트로이에서는 목마를, 쿠스코에서는 원주민 가족을, 산토리니에서는 당나귀를……. 이것들이 기다란 선반 위에 일렬로 세워진 거실 벽을 바라보며 소파에 누워 있는 아침 시간을 나는 좋아한다. 아침 햇빛을 받으면 조금 더 늠름해 보이기도 하고, 가지런히 도열해 있는 모습이 학창시절 운동장에서의 조회 시간 같기도 하다.

어떤 날은 게르를 유심히 바라본다. 그때 노점의 진열대에는 네 개 정도의 게르가 있었다. 가죽으로 만든 자그마한 문을 들추면 그 안에는 손톱만 한 침대도 있고, 손톱보다 더 작은 난로도 있다. 네 개의 게르가 모두 세간 살림이 달랐다. 나는 즐거이 고심하며 더 아기자기한 것을 골랐다. 내가 오래 구경하고 감탄하고 선택할 때까지, 이 미니어처를 만든 노점상은 빙글빙글 웃으며 기다려주었다. 짐작했던 것보다 게르에서의 생활은 편리했고 아늑했고 행복했다. 사람을 적정선에서 부지런하게 만드는 시스템을 갖고 있었다. 천창으로 바라본 밤하늘도 멋졌다. 게르를 떠받들고 있는 나무 살대에 그려 넣은 문양도 아름다웠다. 할 수만 있다면 게르 한 채를 사서 가져오고 싶을 정도였다. 마당이 있었더라면 아마 그렇게 했을 것이다. 그래서 미니어처를 샀고 그 옆에 낙타 한 마리를 세워두었다. 긴 목을 주억대며 나에게 얼굴을 들이밀던, 익살스러운 낙타와의 조우를 기억하기 위해서였다. 추억도 추억이지만, 나무가 지닌 내가 모를 나무의 추억과 조각가의 노동이 함께 담긴 이 사물들에게, 나는 내 집에서 가장 넓은 벽 한 면을 내어주었다. TV나 TV 장식장이 차지할 공간을 이 목각 인형들이 차지함으로써, 나는 TV를 시청할 시간에 이것들을 바라보며 앉아 있다.

요즘은 지도 어플을 켜고 동네의 안 가본 공원들을 찾아

다닌다. 그곳을 걸어 다니며 빛바랜 잔디와 앙상한 나무들을 구경한다. 어제 가본 공원에서는 '이 좋은 데를 왜 여태 몰랐지?' 했다. 왠지 기분이 한결 나아졌는데, 한 박자 후에야 그 이유를 알았다. 오래된 공원이어서 나무들이 모두 키가 크고 우람했기 때문이었다. 수령 250년이 된 산수유 나무도 몇 그루, 300년이 된 느티나무와 은행나무도 한 그루씩 있었다. 보호수로 지정되어 간신히 버티듯 서 있었지만, 시간의 더께를 두텁게 드러낸 채로 우아하고 신령스러웠다. 그 앞에 잠시 서서 나무를 올려다본 덕분에 얄았던 내 마음이 한결 깊어졌다.

집에 돌아와 서랍 속에 고이 모셔둔, 내가 직접 깎아 만든 나무젓가락을 꺼내보았다. 이 나무도 수령이 수백 년은 되었다 했다. 맑은 국물을 내고 소면을 삶아 오늘 저녁을 먹어야겠다고 생각했다. 이 젓가락으로 국수를 먹어야겠다고 생각했다.

평화롭게

이전에 즐겨 듣던 음악을 듣지 않게 되었다. 음악에 담긴 감정들이 도를 넘어 나를 뒤흔드는 것만 같아서다. 내가 틀어주는 음악에 나이 차이가 많이 나던 선배가 "에고 시끄럽고 심란해라" 하며 고개를 젓던 모습이 가끔 기억의 수면 위로 떠오른다. 그때 혈기 왕성했던 나는 '시끄럽다'는 그 말을 그저 드럼 소리가 쿵쾅대고 비트가 강하고 내가 맞춰둔 볼륨이 높다는 뜻으로만 이해했다. 고양된 감정을 한껏 담아낸 정조 자체가 부담스럽다는 뜻인 줄은 전혀 몰랐다. 그때는 그 음악들 없이 내가 살아가고 있을 것을 전혀 상상하지 못했기에, 용돈을 아껴가며 앨범을 사 모았다. 격정 어린 음악을 크게 틀어놓고 있으면 실재하는 내 격정들이 희석되는 것만 같았고 그래서 음악은 진통 효과가 있다고 믿었다. 지금 그 앨범들은 상자에 고이 담겨 창고 어딘가에 모셔져 있다.

안부를 주고받는 문자메시지를 요즘 들어 더 자주 사용하고 있는데, 나는 늘 마지막 한마디가 궁하다. 썼다 지웠다를 두세 번 반복하지만 식상하지 않은 인사를 건네는 데에 매번 실패한다. 건강히 지내십시오, 좋은 일들이 있기를 바랍니다, 멋진 시간 보내세요, 등등등. 그나마 진심을 담아 고르는 단어는 '평화'다. 평화롭게 지내시라는 말이 아무리 생각해도 가장 바람직한 안부 같아서다. 받는 사람 입장에서는 식상하고 뻔한 인사말일 확률이 높겠지만, 그 사람을 위해 꼭 그 말을 건네고 싶어진다.

맨 처음 폴더폰을 핸드폰으로 쓰던 시절에, 폴더를 열면 맨 아래 줄은 사용자가 어떤 문장을 열 글자 정도 적도록 되어 있었다. 폴더를 열 때마다 나타나는 문장이니만큼, 자기 자신에게 꼭 해두고 싶은 말, 좌우명, 잊으면 안 되는 것 들을 사용자는 적어두었는데, 나는 거기에 김종삼의 시구를 요약해서 넣어두었다. "하루를살아도평화롭게"라고.

하루를 살아도
온 세상이 평화롭게

이틀을 살더라도

사흘을 살더라도 평화롭게

그런 날들이

그날들이

영원토록 평화롭게-*

「평화롭게」는 열다섯 살에 처음 접한 시였다. 외우기 쉬웠기도 해서, 기도문처럼 외우고 다녔다. 어느 날, 국어 선생님이 이번 기말고사에 시 한 편을 몽땅 외워서 쓰게 할 것이니 미리 준비를 해두라는 예고를 했다. 나는 당연히 이 시를 적어서 제출했다. 시험이 끝난 후에 국어 선생님은 이 시를 눈앞에 두고 참 많은 생각을 했다고 내게 고백했다. 내가 전달받은 김종삼의 마음을 선생님도 전달받은 것으로

---

* 김종삼, 「평화롭게」, 『김종삼 전집』, 권명옥 엮음·해설, 나남, 2005, 229쪽.

착각하고 나는 잠시 기뻐했으나, 이렇게 외우기 쉬운 시를 적어내는 것이 반칙처럼 여겨져서 점수를 주면 안 된다는 괘씸한 마음이 우선 앞섰다고 했다. 그러나 선생님은 한 번 더 생각해보았다고 했다. 집에 가서도 내내 이 시가 생각이 났고 잠드는 순간에 이 시를 다시 한번 읊조리고 나니 마음이 고요해지고 평화로워졌다고 했다. 그래서 다음 날 출근을 하고서 다시 나에게 점수를 주게 되었다고. 칠판에 이 시 전문을 쓴 다음, 반 아이들 모두 소리 내어 읽어보자고 했다.

내가 지닌 감정의 질감을 훌쩍 넘어서는 격양된 음악은 듣지 않게 된 요즘, 음악과 시에 깃든 감정에 대해서 많은 생각을 한다. 온갖 비수가 날아다니고 온갖 야유와 환멸이 시 속에 횡행해도, 그것이 정직한 내면에 기반한 것이라면, 누군가는 반드시 실제로 위안을 받는다는 걸 잘 알고 있다.

위안은 감정의 수위나 표현 방식의 문제는 아닌 것 같다. 내면 깊숙한 곳이 발원지일, 말해서도 안 되고 잘 말해질 리도 없는 내밀하고 농밀한 고백들이 누군가의 입속에만 맴돌다가 정직한 발화의 순간과 교묘히 교차되는 찰나, 그 찰나가 때로 시에 구현되어 있다. 그 누구와도, 그런 종류의 속 깊은 마음은 교류할 수 없기 때문에, 우리는 시를 통해 그 체험을 하며 안도감을 느낀다. 시끄러움과 심란함도 그리하여 누군가에게 종내는 위로가 된다. 우리는 평화롭기를 갈망하지만, 평화는 찰나처럼 우리에게 와서 우리를 잠시 안아주고 떠나버린다. 김종삼은 「평화롭게」라는 시를 통해서 평화가 유지되는 러닝타임 자체를 표현하려 한 것은 아닐까. 딱 그 정도의 시간. 그 시간만큼은 평화롭기. 하루에 한 번씩만이라도 평화롭기.

5

편지 두 상자

열 살 무렵, 다락에 올라가 숨어 있는 것을 좋아했다. 낮은 층고와 자그마한 창문은 어렸던 내 덩치에 딱 맞아서 아늑했고, 그득한 잡동사니들을 하나하나 들춰보는 것이 괜스레 좋았다. 노끈조차 풀지 않은 채 방치된 책들도 그득해서 금서를 펼쳐 읽듯 그것들을 꺼내 읽고서 다시 감쪽같이 (감쪽같을 리는 없었겠지만) 노끈으로 묶어두곤 했다. 활판본으로 인쇄된 세로쓰기로 헤르만 헤세도 읽었고 쥘 베른도 읽었다. 아빠의 청춘을 곁에서 지킨 책들이었다. 헤르만 헤세나 쥘 베른보다 더 나를 놀라게 한 세계는, 삼양라면 박스가득 담겨 있던 엄마의 편지들(아빠가 쓴 편지들이어서 '아빠의 편지들'이라고 적으려다, 엄마가 받은 편지들이어서 '엄마의 편지들'이라고 적는다. 편지나 선물 같은 것은, 준 사람의 것인지받은 사람의 것인지 늘 판단 짓지 못하겠다)이었다. 연애 시절, 아빠가 엄마에게 편지를 끝없이 보내며 오래 구애해왔다는 것을, 나는 그 편지들을 몰래 훔쳐 읽으며 알았다. 당신과 영원히 함께하고 싶소. 토끼 같은 자식들을 함께 키우며 늙어가고 싶소. 마당에는 연못을 만들어 연꽃을 키우고 담장에는 장미 넝쿨을 심고 싶소. 당신과 함께 평상에 누워 밤하늘을 바라보며 도란도란 지난날을 이야기하고 싶소…….

날짜별로 가지런히 정리된 편지들을 나는 순서대로 읽어가기 시작했다. 봉투를 열고 편지지를 꺼내어 읽은 다음, 다시 고이 접어 감쪽같이 봉투에 넣었다. 어떤 경우에는 퍼즐처럼 편지지가 접혀 있었고, 어떤 봉투 속에서는 압화나 네잎클로버 같은 것이 함께 흘러나왔다. 나는 그것들이 훼손되지 않게 최선의 주의를 기울이며 훔쳐 읽기 작업을 신중하게 이행했다. 서너 통 정도를 읽고 나면 다락에서 내려왔다. 너무 오래 머무르면 어쩐지 들통이 날 것 같았다. 다음 회차가 궁금해서 다음 주까지 언제 기다리나 싶은 마음으로 TV 만화영화 엔딩 크레디트를 바라보던 내가 편지 박스에 마음이 온통 옮겨가 있었다. 회차가 거듭될수록, 이 편지들에 엄마는 어떤 답장을 보냈을지 궁금해지지 않을 수 없었다. 다른 박스들을 뒤져보았지만, 편지 같은 것이 더 발견되지는 않았다.

　일기는 오직 쓴 사람만의 내밀한 세계이고, 편지는 발신자와 수신자 두 사람만의 내밀한 세계라는 것 정도는 알고 있었으므로 그 편지들을 완독할 때까지 나는 누구에게도 이 이야기를 누설하지 않았다. 더 읽을 편지가 없을 때까지는 무사히 비밀을 지켰다. 아빠는 편지 속에서 점점 애가 닳아갔다. 더 간절히 구애했다가 결연히 거리를 두었다가 다시 애걸했다. 다락에서 만나는 아빠는 그랬다. 다락에서 내려와 내 눈앞에 보이는 아빠와는 많이 다른 사람이었다. 한 집에 사는 식구여서 항상 곁에 있고 눈앞에 있는데 아빠가 멀게 느껴졌다. 아빠를 자꾸 쳐다보게 되었다. 엄마의 뒷모습도 더 자주 훔쳐보게 되었다. 어린 마음에, 아빠의 그렇게나 질긴 구애 끝에 지금 엄마가 나의 엄마로 존재하는 것이구나 싶었다. 동생에게 비밀을 털어놓게 되었다. 처음에는 조심스럽게 운을 떼었으나 동생의 호들갑스러운 반응에 덩달아 신이 나서 모든 것을 좋알좋알 말하게 되었다. 이후로 동생과 함께 다락에 오르내리기 시작했다. 동생이 편지들을 읽을 때 나도 머리를 맞대고 또다시 읽었다. 동생에게 엄마의 답장이 어딘가에 있을 것 같지 않느냐고 말했다가 모든 비밀이 들통나버리고 말았다. 동생은 다락에서 우다다 내려가 곧장 엄마에게 달려갔다. 언니가 다락에서 아빠가 엄마에게 보낸 편지 더미를 발견했으며, 그걸 다 읽어보았으며, 엄마의 답장도 읽어보고 싶은데 어디에 두었냐고 엄마에게 물었다. 엄마는 대수롭지 않은 얼굴로 "그게 거기에 있었구나" 했다. 그 한마디가 다였다. 동생은 다시 아빠에게 달려갔다. 아빠가 엄마의 답장들을 어딘가 잘 숨겨둔 게 아니냐고 물었다. 구부정한 자세로 마당의 꽃나무들에게 물을 주던 아빠는 "네 엄마는 답장 같은 건 한 번도 쓴 적이 없다"고 말했다.

그 시대 여느 여성들이 그랬듯이, 엄마도 배우고 싶은 만큼 학교에 다니지 못했다. 대학도 다니고 책도 많이 읽고 글씨체도 멋지고 편지나 일기 같은 것을 스스럼없이 쓰는 아빠와는 형편이 사뭇 달랐다. 엄마는 자신의 글씨체를 못마 땅해했고 글씨를 써서 무언가를 남기는 일을 꺼려 했고 일 기 같은 건 쓰지 않았다. 구구절절한 내용을 한 페이지 가 득, 두서너 페이지 가득 담은 편지 같은 것을 자식들에게 쓰 는 건 아빠의 몫이었다. 엄마는 식탁 위에 밥을 차려놓고 밥 상보를 덮어두고는, 그 위에 '엄마 어디어디 다녀올게' 같 은 쪽지 정도를 써두는 정도로 마음을 글로 전했다. 두고두 고 나에게 들려주곤 했던 엄마의 입장은 답장 같은 건 엄두 가 나지 않았다는 것이었다. 아빠의 편지는 내용이 유려했 고 자신의 심정을 멋지게 표현했으며 필체마저 멋들어졌기 에, 엄마는 자신의 진심이 보잘것없는 것으로 전락할까봐 두려워했다. 답장이 없으면 아빠가 구애를 단념할 것이 걱 정이었지만 하는 수 없다고 생각했다. 답장에 목이 마른 아 빠가 제풀에 지쳐 마음을 접었다가 다시 조심스럽고 간곡하 게 구애를 하는 반복이 수년간 계속되다가, 엄마는 문득 아 빠의 처지가 가엾다고 느꼈다. 짙은 호감이 깊은 연민으로 변해갈 무렵에 엄마는 아빠의 직장으로 찾아갔다고 했다. 양장점에 가서 옷을 맞춰 입고, 미장원에 가서 머리를 하고서. 엄마의 정식 프러포즈가 있었고 두 사람은 결혼을 하게 되었다.

아빠는 엄마가 어떤 심정으로 편지에 답장 같은 것을 하지 않았는지 평생 이해하지 못했다. 아빠는 자신이 설계하고 있는 미래와 녹록지 않은 현재의 간극 사이에서 불안을 잠재우기 위해서, 자신의 열렬한 마음을 밤새 세세하게 적고 또 적을 수밖에 없었다. 그걸 받아줄 단 한 명의 수신자가 반드시 필요했다. 그 수신자가 엄마였다는 것은 그다음으로 중요했다. 아빠는 어쨌거나 오랜 짝사랑을 이룬 사람이 되었다. 엄마는 아빠를 몇 번 만나보지도 않고서 곧바로 결혼 준비를 했다. 아빠가 어떤 사람인지, 오랜 시간 쌓여간 편지들을 통해서 거의 다 알아버린 느낌이었기 때문이었다.

나는 아빠의 편지(앞서, 내가 다락에서 발견한 것을 '엄마의 편지'라 적었지만, 지금은 '아빠의 편지'라고 적어야 맞다. 소중한 물건으로 엄마가 오래 간직해온 것으로서가 아니라 그걸 발견하고 꺼내어 읽은 내가 제2의 수신자가 되었기 때문이다)를 문득문득 상기하곤 했다. 눈앞에서 아빠와 엄마가 서로 다툴 때. 문갑 앞에 등을 보이며 앉아 계실 때. TV를 켜놓고 리모컨을 손에 들고 소파에 앉아 TV는 안 보고 넋을 놓고 계실 때. 목침을 베고 모로 누워 낮잠을 주무시고 계실 때. 겹쳐놓고 읽어야 온전히 이해되는 두 권의 텍스트를 책상 위에 펼치듯이, 그때그때의 아빠 모습 위에 고운 색상의 편지지 속 아빠의 글씨들을 펼쳐놓고는 했다. 어린 날, 내가 읽었던 아빠의 편지들은, 아빠가 미울 법한 순간을, 무서울 법한 순간을, 아빠에게 대들고 싶은 순간을 그럭저럭 지나갈 수 있게 하는 중요한 문서가 되어갔다. 잉어가 노니는 연못 따위가 있는 집에서 살아본 적 없었지만, 유원지나 고궁 같은 곳을 걷다가 발아래 연못이 있고 그 속에 잉어들이 헤엄치고 다니는 걸 발견할 때면, 나는 '이런 것이구나' 하며 호감을 갖고 쪼그려 앉아본다. 담장 바깥으로 장미꽃이 흐드러진 골목을 지날 때에도 마찬가지다. 그런 집에서 산 적은 없었지만 그런 집을 꿈꾼 아빠가 있었다는 것으로 인해, 유년의 추억이 나에게 끼얹혀온다.

　유감스러운 사실은, 엄마에 대해서는 그렇지가 않았다는 것이다. 엄마는 그저 그때그때 그 모습으로만 내 눈앞에 있었다. 겹쳐놓고 읽을 수 있는 텍스트 같은 것이 내 기억 속에 부재했다. 양산을 들고 외출을 하실 때. 쪼그리고 앉아 다림질을 하실 때. 화분에 물을 주며 관엽식물들의 이파리에 앉은 먼지를 마른 수건으로 닦아줄 때. 자식들을 향해 화를 내실 때. 화를 내시며 우실 때. 좋았든 그렇지 않았든, 그 모습으로만 나에게 다가왔다. 내가 태어나기 이전의 엄마의 서사를 내가 엿본 적이 없고, 엄마도 내가 질문을 건넸을 때에만 짤막하게 들려주는 정도가 다였다. 내가 엄마를 헤아리는 마음은 원초적일 뿐, 서글프리만치 앙상했다. 어떤 꿈이 있었는지. 실재하는 삶과 어느 만큼이나 괴리가 있는지. 놓쳐버린 것과 비켜간 것이 무엇인지. 열망하던 것과 품어오던 것이 어떻게 변해버렸는지. 자식으로서 내가 무엇을 더 헤아려야 하는지. 나는 헤아려야 한다는 당위와 딸이라는 원초적인 감정이 뒤범벅이 된 채로 엄마를 바라보았다.

몇 해 전, 아빠가 돌아가시고 혼자 남겨진 엄마는 잠깐이나마 혼자 사는 것이 여유 있고 평온하다며 좋아했다. 혼자 살아보는 게 꿈이었는데 여든이 넘어서야 그 꿈을 이루게 되었다고 농담처럼 말했다. 그리고 급속도로 건강이 악화되었다. 나는 엄마를 만날 때마다 말을 걸기 위해서 질문을 자주 건넸다. 엄마에 대해서 몰랐던 것들을 많이 알고 싶어 했다. 유년기 사진 한 장 남아 있는 게 없는 엄마의 어린 시절에 대해서. 성장기에 겪었던 자잘한 에피소드에 대해서. 운동은 좋아했는지, 공부하는 건 어땠는지. 좋아했던 사람은 없었는지. 어디에서 살았고 무얼 하고 있을 때에 기분이 좋았는지. 내가 태어나기 이전에, 아빠를 만나기 이전에 어떤 사람이었는지. 엄마는 했던 이야기만 되풀이해서 들려줄 뿐이었다. 기억하던 것만을 기억할 뿐, 새로운 기억을 꺼낼 의지 같은 것이 없어 보였다. 내 질문들을 귀찮아하지는 않았다. 내가 질문을 던질 때, 먼 곳을 바라보며 생각에 잠기는 듯한 표정이 되었다. 아주 많은 장면들을 보고 있는 눈빛이었다. 다만, 입 바깥으로 꺼내는 말은 단출하고 짧았다.

나는 엄마에게 공책을 선물하는 것을 좋아했다. 여행지의 미술관 같은 곳에서 제본이 멋진 하드커버 공책 같은 것을 기념으로 사와서 선물로 드렸다. 일기를 써보세요. 편지를 써보세요. 자주 요청했다. 엄마는 그 공책을 금전출납부로 사용했다. 숫자들이 나열되어 있고 합계된 금액 같은 것이 적혀 있었다. 일기를 써보라는 딸의 요청이 애원에 가까워지자, 어느 날엔가 엄마는 드디어 일기를 적었다. 딱 한 줄이었다. 다음 날의 일기는 전날에 쓴 한 문장을 약간 변용한 또 한 줄이었다. 양쪽 페이지에 나란히 적힌 두 문장을 엄마는 내게 보여주며, 일기는 도저히 못 쓰겠다고 푸념했다. 나는 그 두 줄이 시 같고 좋다고 호들갑스럽게 반응했다. 다음번에 찾아가면 그 두 줄의 문장을 이미지로 찍어두어야겠다고 생각했다. 그러나 두 페이지는 찢겨져 있었다. 내용도 시시하고 부끄러워서 찢어버렸노라 말하는 엄마에게 나는 나도 모르게 화를 내고 말았다.

엄마가 요양원에 입소하시던 날, 나는 빨간색 천 커버와 가름끈이 멋들어진 공책 한 권을 선물로 드렸다. 잊지 않고 싶은 게 있을 때에 사용하시라고 했다. 동네 산책을 할 때에도 자그마한 수첩 하나 정도는 호주머니에 넣고 다니는 내가 무언가를 메모할 종이 정도는 인간의 필수품이라고 생각하는 건 너무도 당연하지만, 엄마에게는 그렇지가 않았던 모양이었다. 엄마는 단 한 번도 그 공책에 손을 대지 않았다. 책인 줄 알고 고이 침대 옆에 꽂아놓기만 했다고 전해 들었다. 요양원의 스태프들도 그것이 엄마에게 소중한 사연이 있는 책인 줄로만 알았다고 했다. 엄마는 내가 첫 번째 면회를 갔을 때에 아주 뿌듯한 표정으로 내게 편지를 건네주었다. 편지는 두 통이었다. 하나는 입소하기 전날 밤에 쓴 것인데 망설이다가 못 건넸던 것이고, 하나는 내가 면회를 온다는 소식을 듣고서 썼다고 했다.

정말 하고 싶은 말이 있을 때마다 나는 엄마에게 편지를 자주 썼다. 어릴 때부터 그랬다. 어떨 때에는 새벽에 살금살금 걸어가 안방 문 앞에 두었고, 어떨 때에는 엄마 화장대에 올려두었다. 어떨 때에는 용돈만 드리기에 삭막해서 편지를 동봉했고, 먼 여행지를 떠돌 때에는 엽서를 보내기도 했다. 당연히 나도 아빠처럼 답장 같은 건 받은 적이 없다. 답장 같은 것은 기대도 하지 않았다.

엄마는 내가 보낸 편지들을 상자 속에 빠짐없이 간직했다. 엄마가 돌아가시고 며칠 뒤, 그 상자를 열어보았다. 내가 망각한 것들이 그 안에 수북했다. 어렸을 때의 내 글씨체가 낯설고 어설펐다. 그 편지지를 사러 갔던 문구점과 선물의 집이 기억에서 또렷하게 복원되었다. 내 편지들은 절반 이상의 내용들이 당부로 채워져 있었다. 어렸을 때의 편지 속에서는 나를 위해 무언가를 해달라는 당부였고, 최근의 편지 속에서는 엄마의 건강을 위해서 이런저런 것들을 꼭 지키시라는 당부였다. 편지 더미 속에서 파악하자면, 나는 엄마에게 평생 동안 당부만을 해온 사람이었다. 거의 모든 것을 해주겠다고 간곡히 고백하던 아빠의 편지들과 구구절절 해달라는 이야기만 간곡히 적어 내려간 딸의 편지들. 엄마가 간직해온 두 개의 편지 모음 상자는 모두 나에게 되돌아왔다. 이번에는 내가 보낸 편지의 수신자가 내가 되어 편지들을 읽었다.